中国作协网络文学研究院课题 ▶▶▶▶▶▶ 肖惊鸿　主编

网络文学平台指南

浙江文艺出版社
Zhejiang Literature & Art Publishing House

图书在版编目(CIP)数据

网络文学平台指南 / 肖惊鸿主编. —杭州:浙江文艺出版社,2023.6

ISBN 978-7-5339-7263-9

Ⅰ.①网… Ⅱ.①肖… Ⅲ.①网络文学—中国—指南 Ⅳ.①I207.999-62

中国国家版本馆CIP数据核字（2023）第101823号

责任编辑　徐　旼
责任校对　陈　玲
装帧设计　徐然然
责任印制　张丽敏

网络文学平台指南

肖惊鸿　主编

出版　浙江文艺出版社
地址　杭州市体育场路347号
邮编　310006
电话　0571-85176953（总编办）
　　　0571-85152727（市场部）
制版　浙江新华图文制作有限公司
印刷　浙江超能印业有限公司
开本　710毫米×1000毫米　1/16
字数　229千字
印张　14
插页　1
版次　2023年6月第1版
印次　2023年6月第1次印刷
书号　ISBN 978-7-5339-7263-9
定价　68.00元

《网络文学平台指南》
编撰人员名单

主　编： 肖惊鸿

编　撰：

（中国作家协会网络文学中心编撰人员）

李伶思　王　颖　程天翔

（各网络文学平台编撰人员，按姓氏笔画排序）

丁　粲　丁　璐　于津涛　马艳霞　马晓波　王文涛　王兆云

王　虎　王晋波　王　敬　王　晶　王　静　艾德鹏　田　俊

冯　娟　刘　扬　刘松涛　刘娟娜　杜占叶　李天舒　李　迎

李应龙　李　杰　李　昊　李振刚　李惠惠　杨新龙　何　叶

余乾万　沈旭昀　张灵修　陆　乐　陈　雯　陈　豪　周元梦

项斯羽　赵振华　胡慧娟　柯家生　钟琪琪　施　鸥　费立国

贺立洁　徐丽丽　徐　莹　高若宸　高　路　海　贼　盛丽娇

蒋　钢　韩路荣　谢思鹏　蔡雷平

信息采集：

安迪斯晨风　顾陵安　田十三　染笑　思须无言　闲闲　瑶华

逗逗龙　漓畔舞月　书匠　慕容兔兔　天气　执卷　东走西顾

丽质　玖弈　温白　颜瞬　踩月亮的豆子　漫游大地　疏醉

玖经　纳兰朗月　一只蟹黄包　墨阳　京京　走马行歌　雪唱

深蓝EVA　橘子

导　言

　　为贯彻落实党的二十大精神，"推进文化自信自强，铸就社会主义文化新辉煌"，全面展现新时代中国网络文学行业发展成果，促进文化产业高质量发展，用更多优秀作品增强人民精神力量，为广大网络文学爱好者提供更好的创作服务，为广大网络文学研究者提供学术参考，中国作家协会网络文学研究院设立课题《网络文学平台指南》。

　　网络文学，是文学与互联网结合的产物，是乘着改革开放的春风走进千万作者和亿万读者心灵的文学。新时代为网络文学插上了翅膀，带动文学文化产业向未来飞翔。如果说，这是一种离梦想最近的文学，那么和这种文学相关的工作者，就是追梦人了。

　　有了网络文学作家和作品，读者还要通过一个载体才能看到心目中的好书，这个载体，就是网络文学网站。随着科技进步和行业发展，新的文学传播载体也不断出现。这些，我们统称为网络文学平台。

　　作为作家和读者的家园，运营者和管理者的阵地，网络文学的作品库，网络文学平台无疑是重要的，是把作家、作品和读者联结在一起的必要一环。那么，了解多个平台的情况，一定是作为一名作家、作为一名读者、作为一名研究者甚至作为一名运营者都想知道的答案。

　　本书收录了40家网络文学平台，是自中国作家协会2009年成立"全国网络文学重点园地工作联席会议办公室"以来，陆续加入联席会议成为成员单位的重点网络文学网站。

　　为使作家、读者、研究者和从业者，特别是生长着一颗梦想种子的文学新人，能够便捷地了解网络文学平台的情况，本书涵盖的内容如下：

网站介绍，包括名称、网址等；

网站发展历程；

网站运营模式，包括IP转化情况；

网站内容领域，包括内容总体情况、题材分类、榜单设置等；

网站著名作家和代表作品，包括作家和作品历年获得的国家级荣誉；

网站与作者的签约机制；

网站激励创作的举措，包括对新作者的鼓励办法；

网站内容团队建设。

在以上规定内容外，各平台彰显了不同的特点，在不同程度上体现了平台的运营主张，展示了网络文学平台的发展成果。

本书作为资料手册，首次集中展现全国重点网络文学网站风貌，为网络文学行业生动画像，在网络文学发展史上无疑具有重要的史料价值。这既是网络文学行业过往的成绩单，也是面向未来的集结号。根据网络文学行业发展变化，本书内容也将随之更新。日后如修订再版，将依托各平台同步信息。

我作为课题主持人和主编，看到百舸争流、百家争鸣的新时代网络文学行业的蓬勃气象，为这个充满希望的行业感到自豪和骄傲。

在此，衷心感谢为本书出版给予支持的杭州市文联领导、浙江文艺出版社、各网络文学平台的同仁，中国作家协会网络文学中心的领导、同事，还有那些为爱发电的书粉小伙伴。在成书的过程中，几易其稿，最多时收录了170家文学网站的情况。大浪淘沙，披沙拣金。让我们携起手来，共同追逐梦想。

课题主持人、主编

肖惊鸿

2023年5月9日于北京

目
录

一、旗下网站介绍

阅文集团成立于2015年3月。作为以数字阅读为基础、IP培育与开发为核心的综合性文化产业集团，阅文旗下囊括QQ阅读、起点中文网、新丽传媒等业界知名品牌，汇聚了强大的创作者阵营、丰富的作品储备，已成功输出《庆余年》《赘婿》《鬼吹灯》《全职高手》《斗罗大陆》《琅琊榜》等网文IP及多种形式的改编作品，覆盖有声、动漫、影视、游戏、商业化等多种业务形态。

（一）原创文学品牌

阅文旗下囊括的原创文学品牌有起点中文网（www.qidian.com）、潇湘书院（www.xxsy.net）、起点国际（www.webnovel.com）、云起书院（yunqi.qq.com）、创世中文网（chuangshi.qq.com）、红袖添香（www.hongxiu.com）、昆仑中文网（kunlun.readnovel.com）、九天中文网（jiutian.readnovel.com）、起点女生网（www.qdmm.com）、小说阅读网（www.readnovel.com）等。

起点中文网：创建于2002年5月，是国内引领行业的原创文学门户网站和写作平台，前身为起点原创文学协会。起点中文网长期致力于原创文学作者的挖掘与培养工作，以推动中国文学原创事业为发展宗旨，以此为契机开创了在线收费阅读，即电子出版的新模式。

潇湘书院：创建于2001年，是最早发展女生网络原创文学的网站之一，也是最早实行女生原创文学付费的网站，涌现了天下归元、西子情、姒锦、一路烦花、千山茶客等头部女频网文作家，成功培育出《傲风》《重生之将门毒后》《夫人你马甲又掉了》等众多现象级女频网文佳作，《扶摇》《天盛长歌》《白发》《皎若云间月》等大热影视剧皆改编自潇湘IP。2022年6月，潇湘书院全新移动客户端在全网上线。

起点国际：作为阅文全球化策略的重要产品，起点国际（WebNovel）提供高质量的英文虚构小说内容给全球英文读者，全面覆盖各个终端，除了提供优秀体验的网页以外，也一如既往地为iOS（苹果系统）和Android（安卓系统）等主流移动设备提供服务，是优秀的英文网文内容平台。

云起书院：引领行业的女性文学创作基地，成就无数平民作者的文学梦想。作为网络文学产业的重要细分市场，女性文学有着巨大的市场想象空间。云起书院将肩负起打造全新女性文学产业生态的重任，基于腾讯强大的资源平台和运营体系，促进中国女性文学市场的健康、持续发展，迎接"全民阅读"时代的到来。

创世中文网：成立于2013年，是由网络文学业界资深团队精心打造的面向阅文全渠道的创作者孵化平台，致力于成为网络文学的新锐力量和推动行业长远健康发展的中坚力量。

红袖添香：创办于1999年，是国内引领行业的女性文学数字版权运营商。红袖添香为用户提供涵盖小说、散文、杂文、诗歌、歌词、剧本、日记等体裁的高品质创作和阅读服务，在言情、职场小说等女性文学写作及出版领域具有巨大影响力。

起点女生网：成立于2009年11月，其前身是起点女生频道，致力于对女性网络原创文学及作者的培养和挖掘。起点女生网依托起点中文网的成熟运作机制，成功实现了女性网络原创文学的商业化发展模式，囊括了《步步惊心》《搜索》《毒胭脂》等多部热门影视剧的原著小说版权。

小说阅读网：国内优质文学版权运营商，拥有海量原创作品、签约作家、签约编剧及用户群，自2009年4月新版上线、开通VIP系统以来，打造出数部点击过亿的超人气签约作品，迅速创下单部作品点击逾2亿、单章订阅超3万、月稿酬收入过6万元等辉煌记录，缔造出白金高薪网络作家10多人，月薪过万作家150多人。

（二）移动阅读APP

阅文旗下囊括的移动阅读APP有QQ阅读、起点读书、潇湘书院Pro、红袖读书等。

QQ阅读：最早始于WAP版QQ书城的QQ阅读，早在前智能手机年代就积累了大量用户，有着优良用户体验和海量原创作品，早已覆盖iOS、Android等主流移动设备，是目前市面上广受用户欢迎的移动读书软件。

起点读书：起点中文网官方移动端APP，积累了大量优秀原创好书，让书友能够在iOS、Android等移动设备上随时随地畅享阅读。

红袖读书：自千禧年来，红袖一直致力于为用户提供原创作品，并成为孕育中国原创文化的沃土，成功打造出诸如《裸婚》《欢乐颂》《萌妻食神》等一批高质量IP作品。而经红袖精心开发出的红袖读书APP，兼顾优良的用户体验以及海量的书城作品两大特色，已覆盖iOS、Android等主流移动设备。

（三）移动创作APP

作家助手：阅文集团打造的一款移动创作应用，覆盖iOS、Android等主流移动平台，凭借流畅的用户体验、强大的创作工具、可视化的统计分析等优势，迅速成为市场上深受作家喜爱的移动创作应用之一。

（四）图书出版品牌

华文天下：天津华文天下图书有限公司成立于2001年，是中国民营书业具有深远影响力的公司之一。公司策划了大量优秀畅销图书，其中多本图书单品销量超过百万册，在版权引进和国内原创作家的打造上，探索出一整套畅销书运营模式。

（五）有声阅读品牌

阅文旗下囊括的有声阅读品牌主要是阅文听书和天方听书网。

天方听书网：创建于2004年，经过多年的运营和发展，已经成为国内主流听书网站。天方听书网专注于有声读物的研发和市场运作，为广大听友提供时尚前沿的听书资讯和听书内容。网站内容涉及经济管理、中外文学、古典文学、现代文学、儿童文学、探案悬疑、科幻文学、百科知识等近20个大类。

（六）动漫开发与出品

阅文旗下的动漫开发与出品品牌主要是阅文动漫。

（七）影视开发、制作与发行

主要包括新丽传媒（www.ncmchina.com）和阅文影视。

新丽传媒：成立于2007年，主营业务包括剧集、电影两大版块，旗下拥有一支素质精良的专业化队伍，与中央电视台及全国各省市电视台、网络视频平台、全国电影院线等国内主流媒体和机构保持着良好的合作关系，并在海外市场的拓展上卓有成效。2018年，新丽传媒加入阅文集团，成为其内容产业链条中的重要一环。

二、发展历程

2002年5月，起点中文网成立。

2003年10月，推出革命性的VIP付费阅读制度，奠定了网络文学商业模式的基础。

2005年，起点中文网推出作家福利制度，率先开启作家创作扶持激励。

2006年，推出"白金作家"品牌，成为网络文学优秀作家的标志之一。

2010年12月，QQ阅读客户端上线。

2015年3月，腾讯文学与盛大文学完成整合，阅文集团正式成立。

2017年5月，阅文集团海外门户WebNovel正式上线，成为中国网络文学海外传播的第一个官方平台。

2017年11月，阅文集团于香港联合交易所正式挂牌上市。

2018年10月，阅文集团正式收购新丽传媒，进一步完善IP业务结构，将内容实力向下游延展。

2020年4月，腾讯集团副总裁、腾讯影业首席执行官程武先生出任阅文集团首席执行官，腾讯平台与内容事业群副总裁侯晓楠先生出任阅文集团总裁。

2020年10月，腾讯影业、新丽传媒、阅文影视以整体影视生产体系首次亮相，成为腾讯和阅文深度布局影视业务、强化数字内容业务耦合的"三驾马车"。

2021年6月，阅文集团发布全新企业使命"让好故事生生不息"和企业愿景"为创作者打造最有价值的IP生态链，成为全球顶尖的文化产业集团"。同时，阅文集团公布全新的"大阅文"战略，明确将以网络文学为基石，以IP开发为驱动力，开放性地与全行业合作伙伴共建IP生态业务矩阵。

2021年8月，阅文集团连续四届入选国家文化出口重点企业名单，"网文出海"讲好中国故事。

2022年1月，阅文集团将版权保护提升至公司战略高度。

三、运营模式：在线业务与版权运营双轮驱动

阅文集团持续为作家提供多样化的原创平台，为内容打通广泛的分发渠道，在下游打造精品化的多业态衍生，向用户提供丰富的精神文化产品，已搭建起以在线业务和版权运营双轮驱动的文创生态。

（一）多元的在线阅读模式

2003年，起点中文网推出革命性的VIP付费阅读制度，奠定了网络文学商业模式的基础，至今仍是业内最主流的商业模式之一。2022年，起点读书日活跃用户数创下成立以来的历史新高，较2021年同比增长80%。此外，阅文集团也持续创新阅读模式，拓宽行业发展空间，凭借繁荣的内容生态，成为免费阅读和新媒体市场发展的重要力量。

（二）优质的IP培育与开发平台

作为当下中国数字文化产业的重要IP源头，网络文学对出版、有声、动漫、影视、游戏、商品化及线下业态等下游产业的贡献进一步提升。在这一背景下，阅文集团提出"IP升维"理论：首先，将文学IP改编成多媒体的内容，即IP的可视化；其次，提升IP的商品价值；最后，是IP的跨代际流传并生生不息。通过打通IP在不同阶段下的运营开发形式，实现IP从网文到动漫，从动漫到影视、游戏及衍生品的精细化运营，建立系统、高效的机制，强化内容产业链耦合，实现高质、高效的网络文学IP改编。

（三）代表作品

《庆余年》（2019）：由腾讯影业、新丽传媒、阅文影视共同出品，改编自作家猫腻的同名小说，获第26届上海电视节白玉兰奖最佳编剧（改编）、最佳男配角两项大奖。登陆全球五大洲27个国家和地区多种新媒体平台与电视台，吸引了大量海外观众。

《赘婿》（2021）：由腾讯影业、新丽传媒、阅文影视共同出品，改编自作家愤怒的香蕉同名小说，创下爱奇艺史上热度值最快破万剧集纪录。《赘婿》也在马来西亚、韩国、柬埔寨等国取得了出色的成绩。在美洲、澳洲、

印度半岛这三个地区，也与YouTube、viki、iTalkBB、Amazon等四家流媒体平台达成合作，同时也向韩国流媒体平台Watcha授出真人剧翻拍权。

《斗罗大陆》（2008至今）：阅文作家唐家三少作品，已改编成游戏、漫画、动画、电视剧等。同名动漫累计播放量突破400亿次，改编同名剧集作品播放量超过50亿次，改编游戏流水已过百亿元。

《斗破苍穹》（2009至今）：阅文作家天蚕土豆作品，改编的动画年番目前是腾讯视频动漫品类最热门的作品之一，动画系列播放量超过135亿次。《斗破苍穹》的其中一款美杜莎塑像上线40分钟便售罄，GMV超过500万元。

《全职高手》（2011至今）：阅文作家蝴蝶蓝作品，现已成为集有声书、广播剧、漫画、动画、电视剧、电影、手游、衍生品等全链路开发于一身的IP作品。截至动画第一季收官，总播放量突破10亿次，最高单集播放量达1.1亿次，成为年度播放量冠军，刷新了动画行业的多项数据。

《大奉打更人》（2021）：阅文作家卖报小郎君作品，改编的有声剧上线3个月播放量即破亿，刷新了喜马拉雅有声剧作品最快破亿纪录。同名影视作品将于2023年开拍。

四、内容领域：多元化格局成型

基于"尊重市场，但不盲从市场"的内容原则，阅文集团高度重视多元化内容建设和优质内容孵化挖掘。2022年上半年，阅文在线业务实现收入23.1亿元，MAU2.65亿；平台期内新增约30万名作家和60万本小说，新增字数达160亿，内容生态继续蓬勃发展，并呈现多元化趋势。

（一）现实题材崛起

作为网络文学行业领军企业，阅文集团积极发挥网络文学在观照现实、展现时代精神风貌方面的作用，在业内率先创建现实题材频道，举办现实题材网络文学征文大赛。自2015年首届大赛举办以来，阅文现实题材作品7年（2015—2022）复合增长率高达37.2%，增速位列全品类第二，超越奇幻、历史、悬疑等传统大众题材。

兼具现实性与专业性的现实题材创作，记录了行业变迁与时代风貌，成为中国当代故事的宽阔切面。在阅文集团近两年获奖的网文作品中，现实题材占比过半；在国家图书馆永久典藏的网文作品中，现实题材占比近三成。

（二）科幻题材崛起

科幻网文业已成为科幻小说本土化的重要路径之一，是中国科幻故事的重要组成部分。根据阅文集团数据，截至2022年5月，起点科幻平台新作家作品数量较2021年同比增长超112.5%，其中"90后""95后"占比超70%，近七成的科幻新人是首次创作。新一代科幻创作者持续打破行业纪录，"95后"作家天瑞说符凭借《死在火星上》（2018）、《我们生活在南京》（2021）两度获得中国科幻银河奖。

科幻的崛起不仅体现在创作数量上，更体现在优秀作品的稳定产出上。在中国作家协会网络文学中心发布的2022年网络文学重点作品扶持选题名单中，天瑞说符《我们生活在南京》、会说话的肘子《夜的命名术》、横扫天涯《镜面管理局》等多部阅文作品入选科技创新和科幻主题。

五、作家生态：以创作者为本的精细化运营

为进一步帮扶和激活作家，阅文集团深化建设自我成长、自我完善的作家生态，2020年发布"作家生态2.0"，从四个角度支持作家创作的各个环节，全面打造作家服务型、连接性平台。

（一）以尊重与服务为第一原则

2020年6月，阅文集团在业内首次推出"单本可选新合同"，通过"三类四种"的授权分级体系，在充分尊重作家意愿的基础上，给予更多选择权利。同年8月，阅文全面升级编辑服务模式，作家可以根据本人和作品需求，自主选择编辑组。此外，为更有针对性地帮助潜力作家快速提升写作水平和作品质量，阅文成立金牌编辑工作室，提供贴身、定制化的指导和帮助，助潜力作家实现写作梦想。

文字内容盗版作为行业第一公敌，严重侵害了包括内容创作者、出版方、版权平台及读者的利益。2022年，在政策和主管部门的指导下，阅文将版权保护提升至公司战略高度，建立起广大作家、读者、行业伙伴在内

的统一战线。通过持续的技术研发，不断升级防盗技术，在解决自动化批量盗版问题上取得了重大进展；积极联合行业伙伴共同提升反盗能力，不遗余力加大投诉和诉讼力度，全面打击各类盗版。

2022年，阅文共发起100多起民事、刑事案件诉讼，获得全国网络文学行业第一个诉前禁令；全年拦截盗版访问攻击1.5亿次，通过技术监测和作家、读者反馈收集，追溯到有效盗版线索62.5万条并进行精准打击；每500本书的单日泄漏链接从18万条下降至0.8万条，拦截了95.6%的盗版，有效保护了原创内容生态。

（二）以全方位扶持推动创作

2020年9月，阅文集团升级作家福利政策，推出"网络作家星计划"。该计划包含作家扶持、作家关怀、作家培训和品牌运营等方面，通过补贴新书内容、激励优质内容、扶持潜力内容，最大限度激发创作者热情。其中，阅文捐资发起阅文爱心救助专项基金，给予困境中的作家家庭最快速有效的帮助。

此外，阅文还加大了青年作家扶持力度。除了通过青年作家大赛、青年潜力作家培训等措施提供创作激励与作品扶持，平台还在日常运营中联合文学评论家、下游行业伙伴、媒体伙伴，基于探照灯、十二天王等品牌，为青年作家作品提供更多的推荐与传播机会，推动其走向更大的舞台。

（三）以专业培训为作家成长助力

作为"作家生态2.0"构建的关键举措，阅文集团启动"阅文起点创作学堂"，在全行业率先构建系统化、实战化、生态化培训体系，为作家成长带来切实帮助，夯实内容创作底盘。目前，阅文起点创作学堂线上课程涵盖进阶专区、写作素材宝典、网文衍生渠道探索、世界观构筑等十几个栏目、超300节课程，覆盖数十万作家，累计阅读近千万。线下培训已成功举办四期，超百位学员作家参与，近40%学员作家实现成绩跃升，新书成绩最高提升达44倍。

（四）以全链服务支持个性化诉求

对于更关注提升个人和作品影响力的品牌作家，阅文集团提供包括平台资源、粉丝运营、专属版权经纪人、作家宣传推广等全链服务，不断提升品牌作家的成长天花板，给予作家更广阔的天地与舞台。

"作家生态2.0"取得阶段性建设成果，阅文作家群体呈现年轻化、可持续的积极面貌，内容生态迸发新的活力。以白金、大神作家为代表的行业头部创作、创新力量，持续引领不同风格、题材内容流行趋势。中腰部作家成为推动行业内容发展的中坚力量，热门题材中80%由中腰部作家拓荒。2021年阅文新增作家中"95后"占比八成，年轻创作力量在网络文学中也发挥着越来越重要的作用。

六、获奖情况

2011年以来，在中宣部、国家新闻出版署、中国作家协会等机构主导的各类评选中，阅文作品及其衍生获得省级以上荣誉共731部次，阅文作家获得荣誉共49人次。主要举例如下：

作家唐家三少2019年被评为优秀中国特色社会主义事业建设者。

骷髅精灵、血红、我吃西红柿、天蚕土豆共4位作家入选2019年宣传思想文化青年英才。

作品《写给鼹鼠先生的情书》入选中国最权威的推荐书单2018年度"中国好书"，是网络文学作品首次入围该书单。

《大国航空》《中国铁路人》《女机长》等12部作品入选"学习强国"学习平台"礼赞新时代 奋进新征程"优秀网络文艺作品展示。

《大国重工》荣获第五届中国出版政府奖音像电子网络出版物奖（网络出版物），是网络文学作品首次获得该奖项。此前，《奥术神座》《回到过去变成猫》也曾获第四届中国出版政府奖网络出版物提名奖。

《斗罗大陆Ⅱ：绝世唐门》《一世之尊》《君九龄》《明月度关山》《复兴之路》《地球纪元》等27部作品先后入选年度优秀网络文学原创作品。

《大国名片》《明月度关山》《中国铁路人》《何日请长缨》共4部作品入选年度数字阅读推荐作品。

《秦吏》《他从暖风来》《故巷暖阳》《投行之路》《天圣令》共5部作品入选年度优秀现实题材和历史题材网络文学出版工程。

《谁在时光里倾听你》《何日请长缨》《诡秘之主》《辞天骄》等12部作品在历届中国"网络文学+"大会年度评选中获奖，意千重、冬天的柳叶、尤前、云芨、莫言殇共5位作家在第三届中国"网络文学+"大会年度评选中获奖。

　　阅文共有130部作品先后入选中国作家协会的各类扶持项目，175部作品先后获选中国作家协会主导的各类评选。此外，有144部作品被国家图书馆永久典藏；10部作品入藏中国国家版本馆；16部作品被收录至大英图书馆中文馆藏书目，这也是中国网文首次被收入大英图书馆。

掌阅科技

一、旗下网站介绍

掌阅科技股份有限公司专注于数字阅读，是全球领先的数字阅读平台之一。经过十余年发展，公司与国内外千余家出版公司、文学网站等建立了良好的合作关系，为全球150多个国家和地区的用户提供高品质的图书内容和智能化的服务体验，是中国最大的移动阅读分发平台之一，也是首批迈向世界的中国阅读品牌。

掌阅旗下主要业务包括掌阅书城（www.ireader.com）、掌阅APP、掌阅国际版（iReader）APP等。

掌阅APP：全球领先的数字阅读应用软件之一，拥有出版、原创文学、有声书、在线课程、漫画、杂志、自出版等海量正版内容，为读者提供优质便捷的阅读服务。经过多年积累，掌阅与大量出版公司、文学网站、作家建立了合作关系，致力于引进精品化数字内容。在不断优化产品细节及性能的同时，掌阅APP在业内率先实现了3D仿真翻页、护眼模式等技术创新的产品应用，并在文档识别、转化、续读技术以及数字内容的精装排版等方面形成了核心技术优势，处于行业领先地位。

二、发展历程

2008年9月，掌阅科技股份有限公司成立。

2015年10月，掌阅国际版APP正式上线，标志着掌阅正式进军国际市场。

2017年9月21日，掌阅科技股份有限公司在上海证券交易所挂牌上市，股票代码603533。

学习贯彻中央关于鼓励非公有制文化企业发展的政策精神，切实落实中央对于互联网出版类业务的内容引导和导向把控，是掌阅这样的新型出版企业应尽的责任。2016年，掌阅积极响应号召，主动申请参与第一批网络出版特殊管理股试点工作，由全资子公司天津掌阅文化传播有限公司（简称掌阅文化）同外语教学与研究出版社（简称外研社）展开深度合作。外研社作为特殊管理股参股企业，对公司业务及发展战略、内容导向和出版倾向具有一票否决权。

特殊管理股制度推行至今，各方面工作运行良好，不仅对掌阅内容监管制度的确立和完善、内容导向和内容质量的管理等工作起到了积极的指导作用，更进一步提高了掌阅内容生产链条上各个关键环节的政治站位和政治敏锐性，为平台内容质量提供了有力的保障。

在特殊管理股的专业指导和有力支撑下，掌阅形成了覆盖内容监管、不良信息举报、内容质量奖惩全方位、全流程的制度体系。截至目前，各项工作稳步推行，重点完善和优化了掌阅文化的内容管理体系，提升了掌阅文化编辑专业培训体系，有效促进了掌阅文化和外研社的深度合作。

三、运营模式

公司主营业务为互联网数字阅读平台服务、版权产品等。互联网数字阅读平台服务中，公司以出版社、版权机构、文学网站、作家为正版图书数字内容来源，对数字图书内容进行编辑制作和聚合管理，利用掌阅APP等数字阅读平台面向互联网用户发行数字阅读产品，通过用户充值付费或者利用其流量价值为各类客户提供多样的商业化增值服务来获取收益。版权产品业务中，公司通过运营网络原创等文学版权，向阅读、影视、动漫等各类文化娱乐类客户输出其内容价值和IP价值，从而获取版权及衍生收益。

公司深耕数字阅读生态，不断探索开拓新的业务形态，基于内容优势深入布局IP衍生产业链，打造短视频内容矩阵MCN，2022年已有数十部由公司IP改编或原创的短剧作品在抖音各大剧场热播。同时，通过动漫先行策略驱动优质IP增值，由同名IP改编的动态漫画《仙帝归来》在各大平台热播，《独步逍遥》《绝世武魂》《逆天至尊》等动漫项目持续在腾讯动漫频道热播，反响巨大。

四、内容领域

掌阅是国内首家开启正版付费阅读，并同时开展版权储备的企业。全品类高品质的正版版权储备已成为公司发展的有力保障。掌阅拥有数字阅读内容约50万册，数字内容资源丰富，品类众多，对优质重磅书始终保持了较高的覆盖比例，能够满足用户各种类别、场景的阅读需求。

在这些内容中，出版类图书占比80%，包含社科、文学、政治、军事、经济、管理等近500种类型，主要包括名家权威推荐、大奖书系、高分书籍、畅销佳作、头部原创小说等精品内容，如《平凡的世界》《百年孤独》《三体》《繁花》《射雕英雄传》《冰与火之歌》《哈利·波特》等。

为深入学习贯彻习近平新时代中国特色社会主义思想，掌阅积极响应中宣部号召，是首批上线"新时代　新经典——学习习近平新时代中国特色社会主义思想重点数字图书专栏"的平台之一。2022年6月，掌阅根据相关要求对该专栏再次进行优化升级。截至目前，专栏上线255种重点数字图书、101种重点有声书，涵盖习总书记著作、讲话单行本、论述摘编，以及学习读本、思想研究、用语解读、描写习总书记工作生活经历的作品等，重点数字图书品种、形态进一步丰富，契合读者阅读新需求，取得显著效果。

五、重要作家和代表作品

（一）2022年

《重生——湘江战役失散红军记忆》获评2021年度"中国好书"，入选国家新闻出版署2021年优秀现实题材和历史题材网络文学出版工程及中国音像与数字出版协会2022年数字阅读推荐作品。

《大明第一狂士》入选中国小说学会2022年度好小说榜单。

《沉默之觉醒》获第四届"金熊猫"网络文学奖中短篇单元铜奖。

《璞玉记》《看不见的向日葵》《亲爱的雷特宝贝》先后入选中国作家网书单2022年第一、三、四季度网络文学新作推介。

《蔚蓝盛宴》获批北京宣传文化引导基金，入选中国作家网书单2022年第二季度网络文学新作推介。

《绝世武魂》获第三届泛华文网络文学"金键盘"奖优秀动漫改编作品奖。

（二）2021年

《铁骨铮铮》获批北京宣传文化引导基金，入选第五届中国"网络文学＋"大会优秀影视IP作品推荐，并与《冰刀不言败》《人民医生》《华夏雄心》共同入选首批庆祝中国共产党建党100周年有声书作品名单。

《元龙》获第18届中国动漫金龙奖IP改编奖，入选中国网络文学影响力榜（2020年度）IP改编影响力榜。

《铁骨铮铮》《雷霆突击》《粮战》《高铁追梦人》《全科医生》《深夜儿科室》《长千里》《白衣执甲》共8部作品入选"红旗颂——庆祝建党百年·百家网站·百部精品"榜单。

《三十年河西》入选第七届中国数字阅读大会2020年度十佳数字阅读作品。

《繁星织我意》入选中国作家协会网络文学重点作品扶持选题名单。

《铁骨铮铮》《人民医生》《追梦人》《最美的逆行者》《沉默之觉醒》等30部作品参与庆祝中国共产党成立100周年网络文学"百年百部"系列活动。

（三）2020年

《元龙》《仙帝归来》位列《证券时报》2020年超级潜力IP评选活动前十，《南宋第一卧底》位列前二十。

作家纯情犀利哥入选"橙瓜见证·网络文学20年"十大玄幻大神，我本疯狂入选十大都市大神，天使奥斯卡、月关入选十大历史大神，果味喵入选十大游戏大神，常书欣、殷寻、蔡必贵、紫金陈入选十大悬疑大神，花浅夏入选十大体育大神，靡宝入选十大言情大神，凤歌入选十大武侠大神，心在流浪、常书欣、纯情犀利哥、天使奥斯卡、洛城东、月关、陨落星辰、阿彩入选百位大神作家，王良、月关入选百位行业人物。

《神工》入选中国小说学会2020年度网络小说排行榜。

《元龙》《南宋异闻录》分别入选2020年度最具版权价值网络文学排行榜幻想单元、古代单元榜单。

《元龙》《汉天子》《绝世幻武》《我的清纯大小姐》分获第二届泛华文网络文学"金键盘"奖动漫改编类、军事历史类、悬疑科幻类、都市幻想类奖项。

《帝台春》入选中国作家协会网络文学重点作品扶持选题名单。

《地里种出幸福菜》《华夏雄心》《我在非洲当翻译》《雷霆突击》《粮战》共5部作品获批北京宣传文化引导基金。

《繁星织我意（上）》入选第六届中国数字阅读大会2019年度十佳数字阅读作品。

六、签约机制

掌阅坚持精品引领发展的原则，助力提升网络文学的文学价值，充分发挥其文化传承作用。网站实行签约发布的制度，打破网络文学发布门槛低、作品质量良莠不齐的通病。近年来，掌阅坚持精品签约路线，剔除同质化、粗俗化作品，扎实落实作品的正面导向作用。在内容签约的过程中，提高政治站位，坚持人民立场。同时，编辑也会引导作者关注现实，深入生活，把高产量提升到高质量，发挥网络文学通俗易懂的优势，创作众多弘扬家国情怀、彰显奋斗精神、书写人间真情的优质作品。

七、激励创作的举措

公司签约的每一部作品都由专门的责任编辑进行维护管理，向作者准确传达公司内容监管方面的工作制度和规范，确保作者的创作导向不会出现偏差。针对重点作品，在创作过程中，公司会建立虚拟项目小组，对作者进行创作手法、创作导向等的专项辅导。每年举办一次作者年会，和优秀作者沟通公司的内容战略以及创作建议。与此同时，掌阅还定期对作者进行线上和线下培训，并且针对不同类型和水平的作者，进行有针对性的培训。积极推荐作者参加鲁迅文学院和中国作家协会以及各省作家协会组织的培训，为作者提升创作水平提供条件。

公司2023年针对男女频创作者制定了全面且丰厚的作者福利政策，详见shushan.zhangyue.net/page/fl（男频）、yc.ireader.com.cn/static/fl/nv（女频）。

八、内容团队建设

掌阅于2015年成立掌阅文学网络原创文学平台，是掌阅科技自有内容生产和孵化中心。通过大力发展"掌阅文学"内容孵化生态体系，累计签约作者数万名，如纯情犀利哥、任怨、我本疯狂、洛明月、不信天上掉馅饼等。通过挖掘、签约、培养、推荐、衍生增值等手段向内容市场输出优质原创内容，拥有海量原创文学作品，题材覆盖玄幻、都市、仙侠、武侠、奇幻、青春、言情、历史、悬疑及二次元等品类。

掌阅本着传播好文艺、服务好社会的态度，立足构建高品质数字内容的价值坐标，切实履行网络文学"把关人"的责任，为网络文艺的激浊扬清尽心尽力。按照北京市"扫黄打非"领导小组办公室的指示精神，掌阅成立了"扫黄打非"工作领导小组，压实内容安全责任，并不断完善各项内容监管制度，形成了覆盖内容审核、质检、培训、不良信息举报、内容质量奖惩等全方位、全流程的制度体系。不断健全内容审核机制，成立内容委员会，对公司内容审核、内容安全工作进行总体统筹管理，严格执行总编辑负责制、三审制、先审后发制，对平台内容进行严格把关。

一、网站介绍

纵横中文网（www.zongheng.com）上线于2008年9月，是北京幻想纵横网络技术有限公司旗下的大型中文原创阅读网站，一直以努力创造精品内容、为作者营造安心创作环境为宗旨，以内容签约和内容运营为核心，力求打造具有主流影响力与商业价值的综合文化平台，扶持并引导大师级作者与史诗级作品的诞生，推动网络文学行业健康持续发展，助力中华文化软实力的全面崛兴。

二、发展历程

2008年，公司成立，纵横中文网上线。

2010年，梦入神机、柳下挥、方想、更俗等知名作者加入，公司迅速崛起。

2013年，百度收购纵横中文网。

2014年，百度文学宣布成立，并发布了包括纵横中文网、百度书城等子品牌在内的架构，整合百度贴吧、游戏、音乐、视频及91无线等百度系资源，打造完整产业链。

2015年，完美世界投资控股百度文学，推进更多内容产业布局。

2017年，纵横文学宣布成立。同年11月，美国子公司成立，布局海外市场。

2019年，Tapread海外上线，并开启收费模式。

2021年11月，上海七猫文化传媒有限公司收购纵横文学。

三、运营模式

纵横中文网已经形成一套以内容运营为基础、IP运营为核心的全版权运营模式，并积极探索影视合作新模式。在此模式下，纵横中文网不仅通过数字阅读获得收入，而且将阅读业务与影视授权、游戏授权、漫画授权业务紧密相连。截至2022年12月，已有1260部作品授出版权，《雪中悍刀行》《剑王朝》《五龙镇棺传》《狂鳄海啸》《陆少的暖婚新妻》等84部作品被改编为网络大电影、网剧、电视剧。

四、内容领域

截至2022年12月，网站拥有近6000万注册用户，付费用户总数已达到300万，驻站创作者与作品总量均已超100万。作品覆盖奇幻玄幻、历史军事、武侠仙侠等题材共计52子类，已有《长宁帝军》《闪光吧，冰球少年》《工程代号521》《一脉承腔》《华年》《渡劫之王》等41部优秀作品在省级以上评选中获奖，46部作品已出版实体书。

五、重要作家和代表作品

纵横中文网陆续推出了众多独具特色的优秀网络文学作品，既有反映党领导人民建立建设新中国，实现中国梦伟大历程的宏大题材作品，如《不负韶华》《油菜花开幸福来》《制造为王》等；也有书写个人梦想融入国家和民族复兴伟大事业中的"时代新人"和平凡劳动者的故事，如《春风里》《幸福不平凡》《走刃》《匠心》等；还有《慷慨天山》等优秀革命历史题材作品。这些作品坚守社会主义核心价值观，对读者尤其是青少年起到了正向引导作用。同时，纵横坚定地推进小众类型题材的创作，是业内少有的全品类综合型平台。重要作家及其代表作品主要有：

烽火戏诸侯：《剑来》《雪中悍刀行》《老子是癞蛤蟆》《桃花》《天神下凡》。

天蚕土豆：《元尊》《万相之王》。

梦入神机：《点道为止》《龙符》《星河大帝》《圣王》。

无罪：《渡劫之王》《巴山剑场》《平天策》《神级职员》《剑王朝》《流氓高手》《仙侠世界》《仙魔变》《罗浮》《通天之路》《冰火破坏神》《众神王座》。

更俗：《将军好凶猛》《非洲酋长》《楚臣》《踏天无痕》《枭臣》《大荒蛮神》。

烈焰滔滔：《最强战神》《最强狂兵》。

火星引力：《逆天邪神》。

青鸾峰上：《我有一剑》《一剑独尊》《无敌剑域》。

萧瑾瑜：《剑道第一仙》《天骄战纪》《符皇》。

乱世狂刀：《剑仙在此》《超能星武》《圣武星辰》《山花烂漫时》《闪光吧，冰球少年》《人间暖阳四月天》。

知白：《长宁帝军》《不让江山》《全军列阵》。

宝妆成：《林家有女初修仙》《不负韶华》。

唐玉：《陆少的暖婚新妻》《然后和初恋结婚了》《步步宠婚》。

帘霜：《权宠娇娘》《嫡女贵嫁》《嫡女娇谋》《娇女谋略》《医品太子妃》《重生之嫡女妖娆》《冷情至尊天界妃》。

六、签约机制

主要有作品买断签约、全渠道分成签约和保底分成签约三种。

七、对新作者的鼓励办法

新人作者作为网络文学的后备军，也是网站作者群体最主要的组成部分，拥有着最新奇的想法、设定，给网站带来新的活力。因此，在其成长阶段，需要受到更多的鼓励和帮助。

第一，完善且贴心的作家福利制度。新人作者签约以后，只要满足更新要求就可以申请全勤奖励，并设有不同层级，更能刺激新人作者的创作激情，在创作优秀作品的同时收获一定物质奖励。除了全勤奖励，还拥有作品保障计划、全渠道分成奖励、半年奖等多项福利，新人作者作品成绩越好，收获也就越多。

第二，责编负责制。作为一名新人作者，在创作初期肯定会遇到形形色色的问题，拥有丰富从业经验的责编会帮助新人作家排忧解难。

第三，利用网站公众号等资源，积极向新人作者介绍目前市场流行作品的风格、特点，以及一些创作技巧，帮助新人作者少走弯路。

第四，单独为平台表现优异的自媒体新人设置潜力奖。通过试运营，符合报名条件，即可参与奖金竞逐。

第五，激励奖，可提供课程学习、物质奖励或年会机会。

第六，开设新人作者交流论坛，组织线下作者沙龙，邀请新人作家齐聚一堂，热烈碰撞思想火花，激发新的创意思路。

第七，建立更良好的作品推荐机制，对更优秀的新人作者进行流量倾斜，增加曝光率，增加新人作者的人气和粉丝凝聚力。

八、内容团队建设

纵横中文网始终坚持严管导向，打造精品，不断完善内容安全保障体系。目前拥有编辑人员63名，持出版专业技术人员职业资格证书的人员26名，其中1名管理人员具有高级编辑职称，另外中级9名，初级16名。

一、旗下网站介绍

晋江文学城（www.jjwxc.net）创立于2003年，是中国大陆范围内具有较高影响力的女性向原创文学网站之一。截至2022年12月，拥有在线网络小说超539万部，已出版小说近万部，签约版权作品超25万部，平均每个月新增签约版权在2800部以上。注册作者数逾243万，平均日更新字数超3600万，网站累计发布字数超1258亿。

自2008年1月网站VIP业务开通起，截至2022年12月，注册用户数已超5908万，日平均在线时间长达80分钟。全球有近200个国家和地区的用户访问晋江，其中美国、加拿大、澳大利亚等发达国家占比很大，海外用户流量比重超过10%。

2020年建立的小树苗文学（www.jjwxc.net/channel/children.php）作为旗下儿童文学站，主要面向家长群体，以"增进亲子交流，加深幼儿和父母的情感"为目的，是专为亲子阅读设立的睡前读物项目。自小树苗文学站上线以来，多次开展护苗主题专项宣传活动，组织有奖征文，助力儿童心理健康成长，增进亲子关系，目前发布作品已近万部。

历经二十年风雨，晋江文学城已经从一个简单的文学爱好者集散地快速且稳健地成长为覆盖PC、WAP、APP等各类终端的行业头部网站，流量从2007年末的1500万增长至现在的日均PV超4个亿。旗下移动阅读APP"晋江小说阅读"拥有iOS、Android双版本，在各大主流应用市场均可下载。

二、运营模式

（一）电子版权业务

主要有VIP付费阅读&包月库业务、电子无线业务、电子版权采购业务。

（二）实体出版代理业务

出版代理中国大陆简体中文版权及中国大陆以外地区繁体中文版权，首设出版专区。截至2022年12月，在中国大陆出版市场上十分畅销、有活力的言情出版领域，超过70%的小说版权来源于晋江，占据绝对优势，产生极大影响力。

（三）影视、游戏、动漫等版权输出

自2005年至今，在晋江文学城连载的小说作品授出影视版权的超500部，其中已播出或上映的179部，几乎每年都有可以"破圈"的现象级作品，如2022年的《星汉灿烂》《开端》《天才基本法》《请叫我总监》，2021年的《司藤》《你是我的城池营垒》等。其中《你是我的城池营垒》入选上海市"中华文化走出去"专项扶持资金项目，并在日韩等多个国家和地区发行；《知否知否应是绿肥红瘦》获2020年第30届中国电视金鹰奖优秀电视剧奖，还拥有大量海外观众。晋江正以其独有的特点和方式介入影视剧市场，并逐渐取得影响力，带动了网络小说影视改编的新热潮。

在晋江签约影视、动漫、广播剧等近30种形式的衍生版权作品累计近2000部，除了主流的影视改编外，晋江也在推进动漫、有声及广播剧等其他版权项目的合作，至今已成功促成多个千万级的动漫框架合作、百万级的有声及广播剧框架合作，同时也已授权多部作品签约日文广播剧作品的改编。

（四）海外版权合作

晋江文学城自2008年起开始进行作品的繁体版权输出，2011年签署了第一份越南合同，正式开启了海外版权输出之路。至今已与十余个国家和地区的近百个合作方建立了版权合作渠道，版权输出总量超4000部，占中国网络文学向海外输出总量的30%（数据来源于2021年9月26日中国作家协会在中国国际网络文学周发布的《中国网络文学国际传播发展报告》），

其中实体版权海外授权占输出总量的90%。

同时，晋江也与海外网站及出版社合作电子阅读业务，吸收海外作者作品版权。

三、内容领域

（一）内容总体情况

晋江文学城分为4个分站，15个子频道，各分站间既有重合的子频道，又有独有的分类，让读者可以根据自己的喜好轻松找到合适的作品。目前网站四分站分类如下：

原创站：古代言情、都市青春、幻想现言、无CP等11个子频道。

言情站：幻想现言、古代穿越、玄幻奇幻、未来游戏悬疑等8个子频道。

纯爱/无CP站：现代都市纯爱、无CP等6个子频道。

衍生/轻小说站：衍生无CP、二次元言情等4个子频道。

（二）题材分类

网站一直坚持百花齐放的经营策略，作者在不违反法律法规、社会公序良俗的前提下，可以自由创作。网站不会强行扭转作者的写作意识，为了短期经济利益要求作者针对当下热门题材进行山寨创作，也不会压制作者的创造力，而是鼓励作者创新。

为了让作者更好地对自己的创作领域进行定位，也为了读者可以更快速便捷地找到自己心仪的作品，网站通过对市场和用户画像的分析，对作品题材设置了几重维度，提供了爱情、武侠、奇幻、科幻、悬疑、轻小说、散文、寓言、童谣等20个题材类型，美食、竞技、系统、甜文、无限流、天作之合、励志人生、市井生活、随身空间等245个涵盖各类作品内容的特有标签等。同时，网站也列明了禁止创作的题材列表，帮助作者明确创作的底线和边界。

（三）榜单设置

晋江文学城的排行榜推荐机制从网站建站伊始就存在了，随着网站不断壮大，排行榜也不断优化、完善。晋江的排行榜分人工榜和自然榜两种。

人工榜是人为根据各种规则、维度制定的榜单，由整个编辑组来负责排榜。编辑会将作品的读者收藏数、作品订阅量、日更新字数、点击数、读者评论、积分、文章题材、作者文笔、社会效益等作为排榜时的参考，进行综合考量。

自然榜是由作品本身各种维度数据表现来自动生成的榜单，没有人为干预，比如作品的点击、收藏、评论、打分等一系列由用户阅读行为而产生的数据，这些数据都代表着某一维度中作品内容是否优质、是否受欢迎。网站通过负责的公式运算，将众多数据维度根据不同权重计算出一个作品积分，并将其应用到自然榜排序中。

晋江建站之初只有自然榜，人工榜是在晋江开始实行VIP制度以后才开始不断增加和完善的。其中重点自然榜单有新晋作者榜、总分榜、收入金榜等。编辑组在排人工榜的同时也会对自然榜榜单进行监控，若发现自然榜数据明显夸张失常，会对作品是否存在刷分等违规行为进行调查，尽力维护榜单公平。由于晋江的榜单规则公平、透明且设置合理，所以一些出版社、影视公司和其他合作方会把比较热门的几个榜单作为合作的重要参考依据。

四、重要作家和代表作品

多年来，晋江文学城涌现出一大批优秀作者作品，共计数十位作者多次获得各类奖项及荣誉。如板栗子《徐徐恋长空》、风晓樱寒《沉睡的方程式》、映漾《阿南和阿蛮》等作品入选中国作家协会重点作品扶持名单，尾鱼《西出玉门》、竹已《奶油味暗恋》等作品入选中国网络文学排行榜（现名：网络文学影响力榜，后同），同时还有疯丢子《百年家书》、小狐濡尾《南方有乔木》、板栗子《徐徐恋长空》等作品获得国家新闻出版广电总局优秀网络文学原创作品推介。重要作家及其代表作品主要有：

红九：中国作家协会会员，北京作家协会会员，鲁迅文学院第九期网络作家培训班学员，首届茅盾文学新人奖·网络文学新人奖提名奖获得者，全国青年网络作家井冈山高级培训班第一期学员。曾作为青年代表参加由共青团中央举办的"深入学习习近平总书记在纪念五四运动100周年大会上的重要讲话精神"座谈会。其作品改编剧《请叫我总监》于 2022 年 4 月 29 日在东方卫视首播，并在优酷同步播出，取得出色的收视成绩。

《投行男女》（又名《我们住在一起》）入选 2015 年中国作家协会网络文学重点作品扶持名单，同时获得中国网络文学排行榜热榜推荐；《别怕我真心》入选 2016 年中国网络文学排行榜新榜，获得 2017 年国家新闻出版广电总局优秀网络文学原创作品推介；《请叫我总监》入选 2017 年中国网络文学排行榜完结榜；《撩表心意》入选 2018 年中国作家协会网络文学重点作品扶持名单。

沐清雨：中国作家协会会员，黑龙江省作家协会网络文学委员会副主任，中国作家协会第十次全国代表大会代表，第四届茅盾文学新人奖·网络文学新人奖提名奖获得者，鲁迅文学院第四十届高研班学员、第十四届网络文学培训班学员。其作品改编剧《你是我的城池营垒》于 2021 年 3 月 11 日在腾讯视频、优酷、爱奇艺首播，《云过天空你过心》改编剧《向风而行》于 2022 年 12 月 26 日在央视八套首播，并在爱奇艺、腾讯视频同步播出。

《你是我的城池营垒》入选上海市"中华文化走出去"专项扶持资金项目，并在日韩等多个国家和地区发行；《翅膀之末》入选 2018 年中国网络文学排行榜完结榜；《渔火已归》入选 2019 年中国作家协会网络文学重点作品扶持名单。

关心则乱：中国作家协会会员，浙江省作家协会及网络作家协会会员。著有《知否？知否？应是绿肥红瘦》《星汉灿烂，幸甚至哉》等，均已授出实体书版权与影视版权。《知否？知否？应是绿肥红瘦》连载期间连续三年占据晋江文学城的总分榜榜首位置，实体书销售量已达到五十多万套，改编剧获得湖南卫视 2019 年收视率冠军，网播量超百亿。《星汉灿烂，幸甚至哉》改编剧于 2022 年在腾讯视频播出，同样成绩优异。

《知否？知否？应是绿肥红瘦》荣获 2019 年中国网络文学排行榜最佳电视剧改编推荐。

张鼎鼎：中国作家协会会员，鲁迅文学院第九期网络作家培训班学员，第一届全国中青年影视编剧高级研修班学员，开封市网络作家协会副会长、常务秘书长，荣获"开封文化青年英才"称号。其作品《妲己的任务》改编剧《浪漫满厨》于 2014 年 12 月 21 日在 PP 视频首播。《向前进》入选 2021

年中国作家协会网络文学重点作品扶持名单。

北倾：中国作家协会会员，鲁迅文学院第十五期网络作家培训班学员，临海市网络作家协会副主席。晋江超人气作者，网站积分超百亿级别的超级作者，知名畅销书作者，2017年入选新荷计划青年作家人才库。其作品《美人宜修》改编剧《好想和你在一起》于2020年11月19日起在腾讯视频播出；《红尘滚滚滚》改编剧《恋恋红尘》也已杀青，待播出。

《他站在时光深处》入选2017年中国网络文学排行榜；《星辉落进风沙里》入选2019年中国作家协会网络文学重点作品扶持名单，同时获选2019年中国网络文学排行榜。

五、签约机制

签约，即作者与晋江文学城签订《签约作者版权合作协议》，将作者在签约期间发表的符合签约范围的作品独家授权于晋江代理，晋江提供推荐机制，无违规内容的作品可获得人工榜推荐、上架销售、无线推广、版权衍生等机会。

目前网站已将签约流程进行功能化、电子化，注册作者发布部分作品内容后即可在后台申请签约，系统将初步判断符合最低要求（如是否达到申签字数底线）的信息，按照作品内容类型自动分配给不同责编，由责编进一步判断是否可签约。

从2020年2月开始，为解决新冠疫情状态下快递受限问题，网站在原纸质合同基础上，将作者合同签约升级为线上电子合同模式，极大提高了效率，保障作者创作、收益。

六、激励创作的举措

（一）提供良好的创作环境

网站提供给作者一个相对自由的创作环境，并不断完善相应制度和规则，保证这个环境的公平、公正、公开。同时还会帮助作者增强提高自己的动力，包括在经济层面上凭借平台优势进行的版权转化推广，以及在精神层面上推荐作者参加各类评奖活动和业界高级别会议等。

（二）制定作者激励机制

包括针对作者更新的全勤奖奖励，针对作者曝光率的榜单奖励，针对作品后期的IP转化推荐，以及其他奖项推荐等，让作者安心创作出优质作品。同时凭借网站的优势和力量，积极推荐作者参加业内培训及党建、团建活动。网站领导、编辑与作者一起，更加深入地了解学习行业内的相关知识，建立健全正确的价值观。

（三）针对新人作者，举办"幼苗培育"活动

该活动每月举办一次，旨在鼓励读者从自身喜好角度去发掘优秀的新作者，也是对新人作者创作符合当前网站倡导的题材内容的一种有效的鼓励方式。刚进入网文领域开始创作的新人作者可报名参加此活动，经网站审核筛选后，作品可进入"选育基地"，读者在"选育基地"中对自己看好的潜力作品在创作初期就开始进行重点关注，对作品进行评论、分享等，陪同新人作者一起成长。此方式有效地引导新人作者自觉提升创作质量，也是对读者发掘优秀作品的肯定和鼓励。

（四）关爱冷门题材

在鼓励作品题材类型创新方面，不会强行扭转作者的写作意识，为了短期的经济利益而要求作者针对当下热门题材进行山寨创作，反而会最大限度地给予作者题材选择上的自由，让作者可以发挥出最大的想象力。开展了包括鼓励创新奖、关爱冷门题材、全年正能量主题征文活动，对于优秀作品，会给予包括但不限于现金奖励、榜单奖励、加大版权推荐和奖项申报方面的推荐力度等，以此鼓励作者创作优秀的网文作品。

七、内容团队建设

（一）人员岗位设置

网站在人员岗位设置方面，除了常规的保障公司正常运转的支持性岗位外，根据文学网站自身特点，特别设置了审核编辑岗位（主要负责文字内容的审核工作）、电子编辑岗位（主要负责与作者的日常沟通、签约、作

品上架、排榜等工作）、无线编辑（主要负责作品在其他平台的推广工作）、版权编辑（主要负责优质作品的其他类版权开发和版权经纪代理工作）。同时，由于晋江是一家文学网站，技术岗位也是至关重要的。技术岗包括前端开发人员、客户端开发人员、运维人员、产品设计人员、测试人员等等。

（二）人员培训

网站鼓励员工参加行业培训并奖励已取得相关资质的员工，现已将此项工作落实到日常公司管理制度中，并严格贯彻执行。

关于员工培训的相关规定如下：公司鼓励员工踊跃报名参加各种形式的学习和培训，如员工通过自身努力取得公司认可的相关资格证书并用于实现公司发展的需要，公司将在员工满年调薪时予以特别额度涨幅。在上述制度的激励下，网站员工均会更积极参与相关技能培训。

一、旗下网站介绍

中文在线（股票代码：300364）数字出版集团股份有限公司2000年成立于清华大学。2015年1月21日，中文在线在深交所创业板上市，成为中国"数字出版第一股"。

中文在线旗下囊括的原创文学品牌有17K小说网（www.17k.com）、万丈书城（www.wanzhangbook.com）、四月天小说网（www.4yt.net）等。

17K小说网：创建于2006年，是集创作、阅读于一体的国内在线阅读网站，以"阅读分享世界，创作改变人生"为使命，拥有海量网络作者，签约多位知名作家，爆款作品畅销各大渠道。

万丈书城：于2021年4月8日正式上线的新媒体原创内容网站，为热爱文学的作家、创作者提供"保底＋分成"的福利体系，并以全渠道分发、作品轻衍生同步开发、全保底签约、专业编辑团队、千万级推广预算等五大优势，帮助作家提高收入。

四月天小说网：成立于2007年的古风女频原创小说网站，依托古言领域众多资深编辑和大神作家资源的先发优势，主打古风言情小说，对优质网文进行短剧、影视、文创周边等同步开发，与创作者分享多元收益，探索"网文连载＋IP轻衍生同步开发"的新模式，极大缩短了IP孵化进程。网站涵盖多类型古风言情小说，倾力打造全新的福利体系，为新人作家提供更好的创作体系。

二、发展历程

（一）17K小说网

2006年5月5日，17K测试版推出，传奇作者流浪的军刀等众多大神逐一加盟。同时，17K推出网络上第一种PK签约的模式最快进步榜。17K网编第一期训练营开营，在之后的半年内为网络文学输送了大量专业人员。

2006年11月，17K网编第四期训练营报名人数达到了1663人，240人入营培训，成为一个里程碑事件。

2007年10月，推出分频道计划，按照作品类型精心打造七大频道，对作者的培养更专业和系统。11月，推出全站订阅榜奖励计划以及分成作品激励计划，再次加强了新作者的收益保障和培养扶持。

2008年1月，推出精装本产品，开创了新的网络文学付费模式，打破了电子版阅读只能在线付费的桎梏。之后连续开通千龙、21CN、迅雷、联众等合作平台，使网文在更多的平台上得以展示，开创了新的运营模式。7月，提出作者沙龙概念，北京站第一期召开，使过去只能通过网络交流的作者们有机会在现实生活中亲密接触，碰撞出更多火花。

2009年，公司入驻国家版权贸易基地，开始了全新的征程。

2010年，举办第四届作者年会，众神云集，盛况空前。

2011年1月1日，总编血酬开办商业写作青训营，对17K签约未通过的作品进行一对一点评指导。4月，与山东人民出版社合作出版的都市写实小说《橙红年代》在当当网开始销售，几天内升至日销售榜第83名。年底，先后荣获2011年最佳移动阅读平台奖和"新闻出版业网站百强"荣誉称号，是获奖单位里唯一一家综合性网络文学原创网站。

2012年3月31日，17K女生网与四月天强强联手，组成联合运营，旨在打造全网最强的女生小说网站。

2013年2月1日，开启精品阅读模式，免费频道全新上线。10月，网络文学大学由中文在线、17K小说网等原创文学网站共建，旨在对网络文学作者进行免费培训，并由诺贝尔文学奖得主莫言担任名誉校长。11月14日，书号突破70万大关。12月24日，开创网文先河，发放百万年终奖。

2014年1月26日，酒徒作品《家园》被中央国家机关团工委等多家部门机构评为2013年首都青少年喜爱的十部网络小说之一。3月9日，17K小说网被评为2014年中文移动互联网百度移动搜索推荐站点。

2015年1月21日，北京中文在线数字出版股份有限公司成功登录深交所创业板，正式挂牌上市，股票简称"中文在线"，股票代码300364，发行3000万股，成为国内"数字出版第一股"。上市首日，中文在线以44%的涨幅遭顶格涨停，受到了资本市场的高度追捧。

2016年，《太玄战记》被列入向首都读者推荐优秀网络文学作品书单；《万古仙穹》入选中国作家协会网络文学重点作品扶持名单；《谢家皇后》荣获"中国网络文学年度好作品"称号。

2017年，《人民的名义》同名电视剧上映，引发全网热烈讨论。

2018年，《橙红年代》同名电视剧上映，取得优异成绩；《盛唐烟云》《武林大爆炸》《万古仙穹》《乱世宏图》《向胜利前进》《凌霄之上》入选北京影视出版创作基金扶持项目。

2019年，《真龙》《星纪元恋爱学院》入选中国作家协会网络文学重点作品扶持名单；《修罗武神》点击量超60亿；《万古第一神》首订日破8000元，上架四个月获得超百万推荐票，荣登年度巨著。

2020年，联合众大神推出"抵抗疫情，我们17行动！作家爆更一亿字，畅销小说免费读"活动助力抗疫，同时还推出了新型冠状病毒防护类书籍免费在线阅读活动。

2021年2月13日，《万古第一神》漫画正式上线哔哩哔哩漫画，好评如潮。8月8日，由企鹅影视出品、原力动画制作的《修罗武神》动态海报发布。10月1日，《混沌剑神》漫画上线，在腾讯动漫、快看、哔哩哔哩漫画、爱奇艺漫画、微博漫画等渠道大火。11月，中文在线发起首届全球元宇宙征文大赛，累计收到超过11000部投稿作品。

2022年1月20日，《混沌剑神》漫画登陆日本，上线当日就冲上了日本最大的漫画平台Piccoma新作榜第一，单日销售超过100万日元。7月31日，中文在线在微博举办线上评审会直播，公布开元奖和奇想奖获奖名单，宣布总赛区元宇宙奖评审阶段开启。8月，《福宝三岁半，我被八个舅舅团宠了》全渠道大火，引领女频"几岁半团宠"题材流行新风潮。11月10日，首届全球元宇宙征文大赛在澳门举行颁奖典礼，元宇宙之父、《雪崩》作者尼尔·斯蒂芬森亲自宣布百万大奖的获得者是《卞和与玉》的作者东心爱，并盛赞东心爱为"极具创造力的人才";最佳人气奖归属《永生世界》，作者伪戒。

（二）万丈书城

2021年4月8日，万丈书城正式上线。5月1日，发布黄金爆款征集令，向全网创作者征集作品，设定一等奖、二等奖、三等奖奖励机制，创作者最高可获得价值10万元的黄金。

（三）四月天小说网

2020年9月10日，四月天古风站全新上线。10月，网文大学古言专项课上线；《律政佳人》《嫡女狂妃：王爷轻点宠》《我不再想陪仙二代渡劫了》等第一批微短剧上线快手。

2021年4月17日，《报告夫人，纪少又来要名分了》《头条婚约》《姑娘好心机》微短剧同时上线快手，总播放量破7.5亿。11月25日，《穿书后每天都在找死》微短剧上线快手，播放量1.1亿。

2022年5月13日，《霸婚：蓄谋已久》改编微短剧《别跟姐姐撒野》上线优酷，分账破500万元，站内最高热度9050，分别占据甜宠热度榜、短剧热度榜、电视剧排行榜榜首。9月10日，四月天十五周年站庆，线上线下活动同步开启。线上开展"古风照片征集活动"，线下举办北京三里屯"穿越小说，你是谁?"活动、北京花卉大观园"汉服文化节"活动。两场线下活动覆盖数万人，将古风爱好者齐聚一堂的同时，也让更多民众更为直观地感受到了优秀传统文化的魅力所在。

三、运营模式

17K小说网站的运营坚持以用户参与度和阅读体验为核心，一方面注重原创内容的创作质量和数量，保障作品的专业性和精美度，另一方面通过完善内容生态，持续优化迭代产品功能，为读者提供更全面、丰富、多元、方便的阅读体验。同时注重社区互动性优化，通过段评、圈子等功能为用户营造一个多元丰富的网文兴趣社区。

17K还注重原创内容的版权保护，努力为作者提供良好的创作环境、更好的发展机会，及时发现优秀作品，从而吸引更多原创内容创作的爱好者入驻。17K针对原创作者以分成、买断等形式进行原创内容版权合作，针对读者主要以订阅加包月的形式提供付费阅读服务。

中文在线IP衍生业务以文学IP为核心，向下游进行IP培育与衍生开发。截至2022年12月，中文在线共授出版权作品4000余部，其中重点版权作品70余部。授出版权类型包括影视、游戏、动漫、音频有声、动态漫画、海外翻译等。其中，《橙红年代》同名改编剧由陈伟霆、马思纯主演，在东方卫视、浙江卫视首播，并在腾讯视频、优酷、爱奇艺同步播出，累计播放量超7亿；动态漫画《妖怪公寓》在抖音、快手播出，全网破200万粉丝，累计播放量破亿；网络动画《万古仙穹》由爱奇艺出品，一开播就创下了爱奇艺自制动漫首周播放新高点。

四、内容领域

17K拥有作品总数3433348本，其中：签约作品数55459本；拥有注册作者4464925人，其中，签约作者41319人。

17K男生题材分类有玄幻奇幻、仙侠武侠、都市小说、历史军事、游戏竞技、科幻末世、悬疑推理、轻小说；女生题材分类有现代言情、古代言情、幻想言情、浪漫青春。

17K设有热门作品榜单、新作品榜单以及精选作品榜单。热门作品榜单下设畅销榜、推荐票榜、礼物榜、人气榜、完本榜、免费榜、荣誉榜、收藏榜、字数榜、热评榜、更新榜；新作品榜单下设新作品点击榜、新人作品点击榜、新作品订阅榜、新人作品订阅榜、新人推荐票榜；精选作品榜单下设作品点击榜、男生作品榜、女生作品榜、潜力作品榜。

五、重要作家和代表作品

风青阳《龙血战神》（2012）：讲述少年龙辰偶得奇遇，从此专研武道，踏上巅峰的故事。以追寻上古神龙灭绝之谜为主线，以热血情怀贯穿全文，以坚韧性格为动力，以爱情为转折，以大义称道，构建出一个龙血大世界。

作品着重塑造主人公坚毅执着、为实现理想而忘我拼搏的精神，同时又以浓墨重彩的笔法凸显跨越世俗的兄弟之情。全文伏笔交错，连环布局，情节出乎意料却又在情理之中，具有极强的艺术感染力和可读性，入选2016年优秀网络文学原创作品推介名单。

善良的蜜蜂《修罗武神》（2013）：主人公本为天之骄子，被小人陷害，惨遭家族遗弃。落入凡界后，天赋觉醒，誓要杀回九天之上，夺回属于他的一切。有道是：众生视我如修罗，却不知，我以修罗成武神！

作品书写人间爱恨情仇，传承华夏神话文明，体现传统价值观念。英文版广受海外读者欢迎，成为年度外语翻译的代表作，赢得众多国外拥趸，获中国网络文学海外传播排行榜（2019年度）最佳外语翻译奖。

酒徒《男儿行》（2014）：以元末农民起义为背景，讲述一群原本庸庸碌碌的汉子奋起反抗，在废墟之上重新建立华夏民族的故事。

作者力图触摸人性情怀的主题，做出向文学核心价值靠拢的努力。小说成功塑造了朱重九、芝麻李、朱元璋、刘伯温等许多有血有肉的人物形象，在对人性的微雕中又不失整体的磅礴大气。语言流畅生动，对精细与宏阔拿捏得比较得当。入选2016年优秀网络文学原创作品推介名单及2016年中国网络小说排行榜年榜（完结作品）。

骁骑校《穿越者》（2015）：主角是一位特殊基因携带者，他加入"组织"，作为穿越者去执行系列任务，从此不惧生命危险，足迹遍布古今中外，恰似一位拯救世界的英雄。

故事的开端设定在2017年，以新科技的视野回望历史、建构未来。在这里，频繁的时空穿越不仅为小说提供看点和故事背景，更是推动情节跌宕起伏、使叙事环环相扣的关键。小说中不时出现穿越任务与人情正义的冲突，作者没有回避，而采用正面强攻的方式处理人情与穿越之间的微妙关系，前者温暖、恒久、实在，后者冷酷、易逝、虚幻，使小说情理交织，虚实相生。可以说，《穿越者》优于一般的穿越小说，抵达了更深的人类精神层面，兼具可读性和较强的创新意识，得以登上2015年度中国网络小说排行榜新书榜年榜及第三季度榜。

傻小四《武林大爆炸》（2016）：以弘扬中华武术为核心的都市武侠小说，讲述了主人公历经血雨腥风，终成一代形意拳宗师的艰难成长历程。

作者有较深厚的武术知识储备，描述各种拳术颇为精彩。作品强调以人为本、拳术在心的理念，展现中华武术文化独特魅力，在热血燃烧的武术世界中书写人性之美，点燃正义之光。作品具有鲜明的网络特色，构架宏大、深入浅出，跌宕起伏、环环相扣，是2018年度北京影视出版创作基金扶持项目，入选2017年优秀原创网络文学作品推介名单。

观棋《凌霄之上》（2017）：讲述了王雄觉醒前世记忆，重掌人间权柄，携千军万马，发大杀机，重登仙界旧地，征伐四方仙神，斗转星移，天翻地覆的故事。

观棋的小说以玄幻、仙侠为基础，剧情多以布局、解局为主，让读者在一次次的大浪潮中感受书中各个风华绝代、有血有肉的人物形象。作品文风逻辑严谨，扣人心弦，更融入观棋大量人生体悟，让不同人观之各有所获，是2018年度北京影视出版创作基金扶持项目。

青狐妖《真龙》（2018）：觉醒真龙血脉之后，新时代大学生秦尧觉得一切都变得那么不科学。以遗族的视角看世界，发现一切都变了：儒家经文、道家符咒、佛家手印，统统暗藏玄机；冻龄御姐、凶萌萝莉、二货青年，个个都是大佬。

青狐妖2019年获评第三届中国"网络文学＋"大会年度十佳最具潜力新人，以故事视角新奇、内容涉猎面广、善于制造悬念等写作特点著称。《真龙》很好地展现了他的叙事风格，故事新奇，引人入胜，是中国作家协会重点扶持作品。

伪戒《第九特区》（2019）：灾变过后，大地满目疮痍。粮食匮乏，资源紧俏，局势混乱……秦禹从待规划区走出，背对着漫天黄沙，孤身来到第九区谋生，却不承想偶然结识三五好友，一念之差崛起于乱世，开启了一段传奇故事。

作品空灵厚重，冷峻中暗含温情，擅长化繁为简，融宏观和微观于一炉。展现出的浩瀚想象力，令人沉醉其中，不忍释卷。阅读本书，不仅可以领略中国科幻作品的实力，还可以享受到中国有想象力的大脑向全世界所展现出的一场场宏大的头脑风暴。作品宏大浩瀚，叙事绵密，创意独特，入选2021年度最具版权价值网络文学榜。

风青阳《万古第一神》（2019）：少年李天命意外发现自家宠物竟然都是传说中的太古混沌巨兽，于是驾驭神兽化身神灵，周游诸天万界，铲除世间不公，踏平无尽神域。

作品给人一种不可思议却又合情合理的感觉，从意气风发到心灰意冷，从心灰意冷到坚韧不拔，最终气贯长虹完成自己的目标，塑造了一众出彩的群像，入选2021年度最具版权价值网络文学榜及2020年中国网络文学IP改编影响力榜。

关外西风《重回1990》（2020）： 陆峰不过三十多岁，身价就已破二十亿元。作为杰出青年代表，他正是春风得意时，一场醉酒，却让他回到了1989年，重生在一个同名同姓的二混子身上，从而发生了一系列故事。

20世纪90年代的下海潮是很多人的时代记忆，主角重返峥嵘岁月，依靠后世的见识，闯出一番天地。在话题方面，重生创业永远不缺话题度，在那段岁月中，仿佛每个人都能创造出别样奇迹。作品是2020年现象级爆款网文，在七猫、番茄、微信读书、手百等多渠道霸榜数月，引发年代文创作热潮。

风御九秋《长生》（2021）： 唐朝末年，战乱四起。天赋奇高、记忆力过人的山村少年长生在遇到师父罗阳子与四位师兄师姐后，开始接触山外的新世界，从而展开了一段传奇人生。

《长生》是一部充满了人文关怀、散发着人性光辉的"偏传统"的网络小说。作家通过流畅的剧情来写群像戏，写市井人情，写民俗风貌，为读者带来更深入精致全景式的阅读体验，为网络小说拓宽了道路。就其故事渊源来说，《长生》的底色更接近于唐传奇，其内核也更贴合中国传统的价值观，如尊师重道等。作品入选2021年度花地文学榜年度网络文学榜单，获2022年度第四届"金熊猫"网络文学奖最具人气奖及长篇单元银奖。

萌汉子《福宝三岁半，她被八个舅舅团宠了》（2022）： 纯真可爱又早慧的粟宝在被养父虐打将死之际，联系到自己的舅舅，而后被八个霸总舅舅接回了苏家。回到苏家后，粟宝又遭遇了一系列豪门的尔虞我诈和商场斗争，在经历了各种人性欲念的事件冲突后，粟宝以自己的善良化解矛盾，自始至终不忘童真初心。

作品以小女主成长为主线，在体现家人互相信任、帮助的温馨亲情的同时，又通过小女主的奇特遭遇，带人看遍人生百态、人性复杂，引发读者对人生、人性的思考。以童真看世俗，同样的事情从孩子的角度看待和解决，体现出了与大人完全不一样的世界观，让人意外而又觉得诙谐逗趣，警醒现代人不要被欲望所迷，倡导追求真实。作品是2022年现象级爆款网文，在七猫、番茄、手百、阅文、QQ浏览器等多渠道霸榜爆火，引发"几岁半团宠"创作热潮，单日在读人数超300万，累计在读超10亿人次等。

六、签约机制

纯分成模式签约：即作者只将数字版权独家授予网站，其他衍生版权归作者自身运营。

全勤分成模式签约：即作者将作品的全版权独家转让网站，网站根据作者更新字数，给予作者福利，并按照约定的稿费分成比例进行版税分成。

保底分成模式签约：即作者将作品的全版权独家转让网站，网站根据合约约定，给予作者保底稿费，并按照作品的实际收入核算。如有超过保底，则按照约定的稿费分成比例进行版税分成。

买断模式签约：即作者将作品的全版权独家卖断给网站，网站根据合约约定，给予作者买断稿费。

七、激励创作的举措

（一）全勤保障计划

1.全勤保障金

全新的全勤保障金分为三档，采取晋级模式，提升作家创作激情。

适用对象：已签约保障全勤合约的作品。

保障福利：凡保障全勤签约作品，作品上架之后，VIP更新字数满足以下条件，即可获得对应保障金。

全勤类别	更新字数条件	保障金
S级签约	日更新≥4000字且月更新≥15万字	2300元
	日更新≥8000字且月更新≥25万字	3800元
A级签约	日更新≥4000字且月更新≥15万字	1500元
	日更新≥8000字且月更新≥25万字	2500元
B级签约	日更新≥4000字且月更新≥15万字	900元
	日更新≥8000字且月更新≥25万字	1500元

2.上架保障金

适用对象：17K保障全勤签约作品。

保障福利：凡保障全勤合约的作品，作品满10万字上架后可一次性获得500元保障金。

3.完本续约奖

实施对象：本站签约作品完本后，且新书继续与本站签约的作者（一键直签作品除外）。

实施方案：作品正常完本两个月内，且新书继续与本站签约，在新书满10万字并上架后找编辑申请该项福利，随同当月稿费一起发放。

频道	完本作品字数	完本续约奖
男频	100万	500元
	200万	1500元
	300万	2500元
女频	60万	500元
	100万	1000元
	200万	2000元

（二）年度新人王

实施对象：2023年17K小说网新人签约作品（含一键直签）。

入围标准：全年全渠道综合销售第一名的作家，即可获得17K"年度新人王"荣誉称号。

特殊福利：获奖作家除可以享受上述新秀计划所有福利以外，网站还将邀请其参加作家年会，并在现场为其颁发荣誉奖杯。

（三）职业作家计划

1.买断签约

实施对象：有志在17K小说网长期发展的优秀作家。

作品要求：作者应拥有所申请作品的全部版权，作品需至少已完成2万字且有剧情提纲。

买断稿酬：每千字15元（税前）起。

2.保底分成

实施对象：有志在17K小说网长期发展的优秀作家。

作品要求：作者应拥有所申请作品的全部版权，作品需至少已完成2万字且有剧情提纲。

（四）一键直签计划

实施对象：全网作家，网络文学爱好者。

入围标准：无抄袭、涉黄、涉政以及其他违规行为，且在17K小说网平台首发的作品，超过8000字后，作家可在网站后台直接申请一键直签。

（五）作家健康计划

实施对象：在17K小说网平台签约，取得一定成绩的签约作家。

福利说明：凡与17K小说网签约的优秀作家，都会享受平台每年提供的一份保额最高1000万元的作家商业保险。

（六）作家激励计划

1.礼物打赏

道具说明：礼物是17K小说网开发的一种增值道具，读者可以通过赠送礼物，让自己喜爱的作者作品登上首页礼物榜。

实施对象：全站所有签约作品（授权销售作品除外）。

2.销售激励

适用对象：17K小说网全部分成签约作品（含一键直签）。

实施细则：作品在自平台上架入V后，当月VIP字数更新≥6万字，作品除正常享有自平台销售收入的50%分成之外，额外发放20%的销售激励金。

3.渠道奖励金

为拓展互联网以外的营销渠道，有效增加网站签约作者的稿酬收入，17K网站推出"全渠道奖励金计划"，确保作家利益最大化，实现作家与

17K网站的互利共赢。

实施对象：本站保障全勤和电子分成签约作品（授权销售作品除外）。

结算发放：为更好地服务作家，确保作家利益最大化，实现作家与网站互利共赢，缩短稿酬结算时间，签约作品（一键直签、保障全勤、老全勤分成）的第三方渠道电子稿酬，在收到第三方渠道反馈的销售数据后，无论渠道是否回款，都将于次月提前垫付结算给作家，减少作家们的等待时间。

4.呼朋唤友激励

本站作者推荐外站新作者，到本站发布作品且成功签约（一键直签作品除外），即可申请呼朋唤友奖。其中全勤签约奖励100元，买断保底奖励300元，大神签约奖励1000元，待被推荐作品满10万字后，次月10号随稿费自动发放。

八、内容团队建设

中文在线网站内容团队建设主要分为三个方面：

第一，内容编辑。主要负责小说内容的签约工作，具体又分男生内容编辑和女生内容编辑。对所有编辑，网站每年会进行不少于12节课、不低于24小时的内部专业培训，并推荐优秀编辑参与官方的优秀重点编辑培训。

第二，安全审核编辑。主要负责小说内容的规范性审核、价值导向审核，力保作品的每一个章节、每一个词汇、每一条评论、每一张封面等，都符合国家法定规范和相关要求，并100%先审后发。

第三，内容运营编辑。主要负责小说内容的相关运营工作，涉及作品渠道的宣发、版权改编运营、作品活动策划等。

一、旗下网站介绍

南京大众书网图书文化有限公司（以下简称大众书网）成立于2006年，2017年7月实现品牌升级，由逐浪网的单一业务升级为连尚文学业务集群，业务涵盖网络原创、数字阅读分发、移动阅读分发、IP孵化培育。旗下拥有原创文学网站逐浪网（www.zhulang.com），综合阅读APP连尚读书、连尚免费读书，原创漫画平台漫漫漫画等。

连尚文学是中国作家协会全国网络文学重点园地工作联席会议成员单位之一，近年多次荣获中国互联网行业自律贡献和公益奖，连续两年入选中国互联网成长型企业20强、江苏省互联网名企汇和江苏省互联网企业50强，在南京市文化产业最高奖项"金梧桐"奖评选中获得年度文化十强、年度杰出表现奖、最具投资价值企业十强、数字文化企业十强。先后入选南京市独角兽企业、中国独角兽企业、江苏省独角兽企业榜单，是江苏省唯一一家以网络出版服务为主营业务的独角兽企业。

（一）逐浪网

连尚文学旗下原创网站逐浪网创办于2003年，是资深的原创内容孵化平台，2014年推出逐浪小说手机阅读客户端，以丰富的优质内容，结合互联网和移动互联网终端的阅读特性，为广大用户提供精彩的数字阅读服务，为旗下作者提供专业的文学创作、交流平台。2017年8月，逐浪网整合进入连尚文学。逐浪网自建站以来，培养了大批优秀作者，累计创作近5万部作品。

（二）连尚读书、连尚免费读书

连尚读书是连尚文学旗下一款专注于手机数字阅读的综合文学阅读软件，于2017年7月正式上线，拥有众多内容合作伙伴。作品品类丰富，包括现实、玄幻、都市、历史、修真、军事、科幻、体育、游戏、现代言情、古代言情、浪漫青春等多种题材。

连尚文学在创办之初就把以免费阅读为基础，融合付费阅读和多种增值服务作为未来发展的商业模式。2018年3月开始尝试免费阅读模式，并于2018年8月正式推出连尚免费读书。连尚免费读书设置了看广告就免费的模式，同时保留免广告付费阅读的方式。连尚免费读书APP上线后连续4个月位列Analysys易观APP月活超千万增幅榜前列。

（三）漫漫漫画

漫漫漫画成立于2015年11月，是国内知名的漫画平台，专注于原创漫画发布与内容IP化，累计合作作者超过1000位，工作室近100家。首创条漫信息流展示方式，引领了手机漫画的全新表现形式，获得广大漫画爱好者的追捧。

2019年5月，连尚文学完成对漫漫漫画的全资收购。漫漫漫画的加入开启了连尚文学旗下原创网络文学与漫画两个版块间的交融计划。

二、发展历程

2006年7月，大众书网成立。

2017年7月，综合阅读APP连尚读书上线，连尚文学成立。8月，全资收购大众书网，进入原创文学领域。

2018年8月，完成A轮融资，估值10亿美元；完成对国内最早运营国漫出海的漫画平台MangaToon的天使轮投资，拉开漫画出海的战略新篇章。

2019年2月，完成对对外汉语教育平台SuperChinese的天使轮投资。5月，完成对人工智能翻译网文出海内容开放平台推文科技的A轮投资；完成对原创漫画平台漫漫漫画的全资收购，全面开启IP全产业链开发之路。6月，首次获评南京市独角兽企业。

2021年4月，入选中国独角兽企业。11月，入选江苏省独角兽企业。

三、运营模式

连尚文学始终将优质内容的培育与孵化放在核心位置，坚持以守正促创新、以创新强守正，加强创作生产引导，在内容的深耕细作上下功夫，努力促进产业健康良性发展。

探索建立线上线下相结合的网络作家素养提升工程和重点网络作家联系制度，遴选推荐优秀网络作家参加鲁迅文学院网络作家培训班、全国青年网络作家井冈山高级培训班、党的"二十大"精神专题培训班、江苏省作家协会青年作家暨网络作家读书班等。综合运用选题策划会、采风创作、作品研讨交流、举办现实题材主题征文大赛等方式，使网络作家的"四力"得到提升、使命意识显著增强。常态化开展网络从业人员培养培训，邀请网络文学领域专家、知名作家、行业精英来司授课、座谈交流，全方位提升思想政治素养和业务水平，为推出优质原创内容打下坚实基础。

在多项举措引导下，连尚文学培育出了一批优秀现实题材作品并荣获多个奖项。

四、重要作家和代表作品

《传国功匠》是连尚文学潜心打造的一部现实题材网络文学精品，作者陈酿精选了五大瓯匠和他们坚守千年的"匠宝"，构架了一个跨度70年，跨越时空、国界、民族和信仰的瑰丽奇幻的制宝、寻宝、夺宝、护宝故事。作品饱蘸瓯越水墨风情，展现温州非凡匠艺，集悬疑、传奇于一体，高扬传统工匠的敬业精神，歌颂励精图治的职业操守，唱响了中华文明时代传承的赞歌。该作品荣获第五届中国出版政府奖提名奖，入选国家新闻出版署和中国作家协会联合推介的2019年优秀网络文学原创作品，荣登2019年度中国网络文学排行榜，并获得2019年扬子江网络文学作品大赛特别奖、第二届泛华文网络文学"金键盘"奖等多项大奖。

《2.24米的天际》是以中国女排为原型创作的现实题材作品，是2020年中国作家协会重点作品扶持项目，荣获第三届江苏省新闻出版政府奖、

2020年扬子江网络文学作品大赛一等奖及第三届泛华文网络文学"金键盘"奖等多项荣誉。作者行知是《中国体育报》的资深排球记者，他用多年来积累的报道经验，将中国女排故事写成了精彩的小说。作品讲述前女排国手魏心获回国执教中国女排二队，运用先进的训练理念，融合女排精神，最终带领中国女排获得奥运会冠军，实现个人与团队成长的励志故事。

《蹦极》是首部以长篇小说形式展现我国外交宏伟实践的文学作品，以栩栩如生的故事和仿佛身临其境的细节诠释了构建人类命运共同体的深刻内涵。小说通过主人公钟良这一形象，弘扬了中国外交官在各种复杂的国际环境和风云中，为了祖国利益不畏生死、无惧挑战的无私奉献精神和舍小家为大家、默默坚守的爱国主义情怀，谱写了一曲新时代爱国主义颂歌。作者卢山以多年真实的外交官经历、外交见闻和外交纪实材料为创作源泉，成功塑造了主人公钟良这样一个优秀外交官形象。该作品入选由国家新闻出版署组织实施的2021年优秀现实题材和历史题材网络文学出版工程，获评中国图书评论学会组织评选的2021年度"中国好书"，荣获第三届江苏省新闻出版政府奖、2020年扬子江网络文学作品大赛二等奖及第三届泛华文网络文学"金键盘"奖。

《不负韶光》描写了社区青年在党组织的关心下，被党建引领基层社会治理创新吸引与带动，改变被动消极抱怨情绪，发挥网络技术优势，自发以志愿公益形式主动参与智慧社区建设的故事。作品情节活泼、内涵积极，紧扣党的十九大提出的"加强互联网内容建设，建立网络综合治理体系，营造清朗的网络空间"的要求，将青年网民的真实成长故事融入现代城市治理创新进程，展现基层青年"破茧成蝶"的美丽过程。作者月壮边疆是上海市网络作家协会会员，这部作品的创作也是源于她在从事基层党群事务宣传工作中所经历的事件和诸多感触。该作品是2020年中国作家协会重点作品扶持项目及江苏省2020年主题出版重点出版物选题，荣获2021年扬子江网络文学作品大赛三等奖。

在都市言情领域已有颇多建树的业内知名作家夜神翼，其代表作《单身狗》《如果转身还能遇见你》《在最美的时光遇见你》等拥趸众多。在连尚文学创作的以脱贫扶贫为主题的作品《特别的归乡者》也是她发掘潜力、突破自我的重要探索，讲述了建筑公司老板陈飞黄破产之后，阴差阳错回到农村老家，在村民的推举下当上村支书，结合国家精准扶贫政策，带领村民开创新产业，走向致富路的故事。作品生动反映了当下农村生活的现状，以及基层干部和社会各界人士对精准扶贫的贡献，表达了脱贫扶贫的积极意义，深刻揭示了其背后的制度优势，激励人们满怀信心打赢脱贫攻坚战。该作品是2020年中国作家协会重点作品扶持项目，登上2021中国数字阅读大会IP峰会"鹤鸣杯"IP潜力价值榜，荣获2020年扬子江网络文学作品大赛三等奖。

此外，还有正面反映一线医务工作者不畏艰难、舍生忘死抗击疫情的《共和国医者》；以女性视角展现新中国成立以来瓯江两岸历史画卷的《旷世烟火》；讲述邵家四代人历经大半个世纪在郑州生活、创业和奋斗的故事的《我的黄河我的城》；描写赫哲族青年传承和弘扬民族非物质文化遗产"鱼皮画"的故事的《锦绣鱼图》；描写城市救援队员的工作与情感生活，展现当代年轻人积极向上的价值观与责任担当的《荣耀之上》；探讨乡村养老这一问题的《人间重晚晴》；聚焦特殊儿童成长，展现别样温情的《刺猬的微光》；通过空军机务技术干部的成长道路，折射出近二十年来人民空军建设辉煌历程的《天梯》等众多立意高远、内容优质、反映现实、关照现实、人物阳光、充满正能量的好作品。

五、全产业链发展见成效，优秀内容持续发力

依托多年积累的大量优秀原创内容，近年来，连尚文学布局了以IP为核心的内容生态，实体书、有声、动漫、影视、出海等产业链条均有所涉及。

现实题材获奖作品《2.24米的天际》（实体出版图书名《女排》），及《传国功匠》《蹦极》《特别的归乡者》《旷世烟火》《荣耀之上》《援外仁医》《冬雪暖阳》《稆子花开》《心照日月》《锦绣青衣》《归时舒云化春雪》等均已出版实体图书，获得了线上线下广大读者的好评。

连尚文学通过人工录制改编有声作品200余部，与喜马拉雅、蜻蜓FM、掌阅、咪咕有声、番茄有声、懒人畅听等知名有声平台深入合作。改编作品在喜马拉雅平台粉丝已过百万，总播放量超3.6亿。连尚文学自主研发的利用计算机人工智能自动合成文学内容语音技术，根据作品文字内容智能

转化合成较为拟人化、有韵律感、自然度高的声音，为用户提供"一键听书"服务，目前已完成近4000部作品的语音转化。

《两不疑》漫画是连尚文学旗下漫漫漫画平台的独家作品，曾连续三年获得漫漫年度大赏，2022年入选新华·文化产业IP价值综合榜前50位及IP改编潜力价值榜（影视），荣获第十九届中国动漫金龙奖IP改编奖。2021年4月，《两不疑》动画番剧在B站独家上线，播放量已达2.8亿，并多次登上B站热搜前10位，抖音话题"两不疑"播放量达11亿，点赞超10万。《两不疑》第二季于2022年10月底登录B站，正在热播。除此之外，《传国功匠》《绝世武神》《武神天下》《外挂仙尊》《王牌神医》等人气原创网络文学作品均已获得漫画改编，作品影响力进一步得到提升。

2020年12月16日，由连尚文学逐浪网原创小说《黑白禁区》改编的同名影视剧在爱奇艺、腾讯视频、优酷开播。《黑白禁区》讲述了卧底警察淦天雷十多年间游走于灰色地带，并在重创复苏后重启人生，依靠一段丢失的记忆破解制毒贩毒集团犯罪谜团的故事。开播第一天便登上爱奇艺风云榜飙升榜榜首、电视剧推荐榜第三名，腾讯视频电视剧新热推荐榜第二名，优酷警匪剧热榜第一名和悬疑剧热榜第三名，成为2020年热播剧。

2021年9月24日，由连尚文学逐浪网连载小说《冬雪暖阳》改编的同名电影在全国上映。电影由小说原作者吴亚频担任原创编剧，北京海晏和清影视文化有限公司、常州市超越影视节目制作有限公司出品，最高人民法院影视中心联合摄制。该片讲述了少年犯边亮沉迷网络游戏，导致误入歧途，之后在养母与法官刘兰馨的真心关爱下得到救赎，改过自新，重归家庭的温情故事。作品既温暖又充满力量，为我国弘扬法治精神和社会主义法治理念，促进青少年树立法治信仰做出了积极的贡献。

连尚文学自2018年起开启原创网络作品出海之路，已拥有海外多家电子书销售公司及平台合作渠道，与美国、法国、韩国、日本、越南、泰国等的数十家漫画出版平台建立了密切合作关系，累计输出各类作品1000余部，并实现了纸质图书、动漫等改编。

书旗小说

一、发展历程

2015年4月，第20届世界读书日，书旗小说（www.shuqi.com）作为阿里巴巴移动事业群新业务全新亮相。

2015年5月，书旗小说召开战略发布会，宣布将以移动阅读为突破口，布局网络文学市场，针对作者和版权商的合作，打造开放的版权战略，与合作方共享版权，打破了旧网络文学中固化的生产关系。此外，书旗小说还与新浪阅读、塔读文学和长江传媒开启深度战略合作。

2016年6月，"阿里巴巴大文娱"版块正式成立，书旗小说作为专业纵队之一亮相该版块。阿里文娱集团涵盖UC、优酷、土豆、书旗小说、阿里影业、阿里游戏、阿里音乐及数字娱乐事业部。

2017年4月，书旗小说宣布进军网络大电影，联合优酷、阿里影业推出HAO计划，共同投入10亿资源赋能网络电影内容生产者。

2020年1月，书旗在北京举行十周年庆典，发布"书旗宇宙""CP补贴""优质作者扶持"三大计划，分别投入1亿元资金推动网络文学健康发展。

2020年7月，书旗小说轻应用正式接入淘宝，产品定位于给淘宝用户提供免费的数字阅读服务，首期已经上线10万本网络文学作品，类型覆盖都市、玄幻等20余种。

2020年8月，书旗小说宣布与橙瓜码字达成合作，双方将在青年作家培养、原创作品签约及渠道分发等环节进行深度合作。

2020年9月，书旗加盟优酷"阿拉丁"内容合作计划，将为分账剧提供更多优质的原创网文IP，从源头上丰富分账剧的类型及内容深度，用好内容驱动影视作品破圈；推出"星神计划"，旨在扶持怀有文学梦想的新作家，通过零门槛签约、千万现金扶持和亿级曝光资源让更多人实现作家梦。

二、运营模式

作为阿里巴巴集团旗下的互联网文化娱乐品牌，书旗小说的主要业务以内容生产、合作引入以及版权产业链的双向衍生为主。书旗小说将依托内容生产，从数字内容阅读、数字内容传播、版权衍生、粉丝经济等多个角度出发，建立跟文学产业相关的开放生态。

2017年4月18日，书旗小说宣布进军网络大电影，联手阿里文娱集团旗下优酷、阿里影业，推出网络电影HAO计划，三方共同投入10亿资源赋能网络电影内容生产者，提供集IP衍生、项目融资、内容制作、电影宣发在内的全链路支持。其中，书旗小说将开放IP资源，鼓励更多作者投入创作，提供创作环境、内容扶持和知识产权保护。

至今为止，书旗小说已有百余部作品完成IP转化，《今夜星辰似你》《一不小心捡到爱》等多部作品上线后获得热烈反响。

三、内容领域

书旗是一款跨平台的数字阅读产品，集合在线/离线阅读、自动书签、智能搜索、全民创作、高清漫画、在线听书、精彩视频等多项人性化功能，读者可以围绕内容与作者互动交流。经过十余年的发展，书旗小说已经成为中国数字阅读产品中的领军者，累计读者数量过亿。根据《2019年中国数字阅读市场研究报告》显示，书旗小说的满意度位居行业第一。

书旗小说题材多样，分为男频、女频、出版等多个频道。

榜单分为新书榜、热搜榜、会员榜、书旗原创榜等。

四、重要作家和代表作品

　　截至2022年末，书旗共产生结算收入千万级的作者5位；百万级收入的作者50位。共有45本签约作品获得68个国家级、省部级、行业级奖项和推介。培育出《大清首富》《零点》《太行血》《浩荡》《夜留余白》《宿北硝烟》《大山里的青春》等优秀作品。

五、签约机制

　　网站签约形式灵活多样，包括纯分成及千字保底等多种签约模式。

六、激励创作的举措

　　网站推出"千万现金福利扶持"项目扶持新人创作，新人全勤分星尘、星石、星云、星河四个等级。独特的作家体系、不同阶段的个性化扶持，清晰的目标和方向，助力每一位作家的职业成长。

七、内容团队建设

　　网站目前分男频、女频、星引力等多个原创编辑团队。男频总编潘俊宇，女频总编李迎。

中版大佳网

一、中版集团数字传媒有限公司概况

中版集团数字传媒有限公司（以下简称"中版数媒"）成立于2008年，是中国出版传媒股份有限公司旗下承担集团数字化战略的重要生力军，2022年9月与有着近70年历史的中国出版传媒商报社重组整合，在数字化的基础上增强了传媒属性。

依托中国出版集团强大的品牌影响力、深厚的内容积淀和优秀的技术力量，中版数媒作为数字、技术与文化综合服务提供商，坚持将社会效益放在首位，与经济效益相统一，聚焦深度融合发展，以大数据服务和知识服务为主攻方向，致力于打造国内一流的数字文化传媒企业。主要业务涵盖承接集团内外的技术运维，网站和新媒体运营，直播技术服务；党政和文史等畅销书的电子和有声书运营，按国家版本馆要求规范的数据加工服务；承担中华书局《古诗词博物志》等重点图书项目的融媒开发。此外，承接政府机构、企事业单位党建书屋、职工书屋工程建设，联合策划组织融合发展、动漫展等活动。

作为国内最早成立的数字出版企业之一，中版数媒拥有出版融合发展重点实验室、精品数字化内容综合运营重点实验室，承担国家数字复合出版工程标准项目、国家发改委"国家信息化试点工程"项目等累计11个国家级重大项目。已获得由国家新闻出版广电总局颁发的网络出版服务许可证、电子书出版资质、电子书总发行资质、音像制品出版经营许可证、广播电视节目制作经营许可证，工信部颁发的电信与信息服务业务经营许可证（ICP）等。

二、中版数媒大佳网概况

中版数媒旗下大佳网（www.dajianet.com.cn）于2011年成为中国作家协会全国网络文学重点园地工作联席会议成员单位之一，定位为现实题材网络文学创作平台，通过大赛及指定邮箱接收投稿。

成功通过电子书三审的大赛签约作品，网站将倾斜出版资源，为其申请书号制作电子书，在各合作平台作为出版图书上架发行，并根据作品特点制作有声书。同时还将发挥集团的自身优势，向海外输出签约作品，影响辐射海外华人地区。

（一）大赛概况

大赛以海峡两岸新媒体原创文学大赛为主，年度主题征文为辅。海峡两岸新媒体原创文学大赛由中国出版集团有限公司主办，中版集团数字传媒有限公司在历届大赛上分别与台湾联合报业集团、台湾图书出版事业协会、台湾电子书协会等联合承办，得到了中宣部文艺局、国务院台办、国家新闻出版署、中国作家协会、北京市新闻出版局、各网络文学网站以及北京、上海、浙江、安徽、江苏等十余个省市作协的大力支持。

大赛坚持由全国知名作家、评论家实行严格的初评、复评以及终评选择机制，希望获奖作品能够经得起读者和市场的检验，从而使大赛成为当代青年实现"文学梦"、优秀网络作品脱颖而出的新平台和有影响力的新媒体原创文学品牌，进一步彰显中国出版集团有限公司的品牌效应和社会价值。

（二）品牌与荣誉

大佳网及大赛签约作品多次在政府奖项评审和行业选拔中获得政府和同行肯定。

1.奖项推优类

国家级：《星星亮晶晶》获得中国新闻出版领域最高奖项第四届中国出版政府奖网络出版物提名奖，出品单位获颁第四届中国出版政府奖出版、研发制作、运营三大奖项证书。

《星星亮晶晶》《青果青》《宝贝，向前冲》《岐黄》《白纸阳光》《青春绽放在军营》等签约作品入选国家新闻出版署优秀网络文学原创作品推介。

省级：《网弈》《落凤山》等多部作品入选北京市"向首都读者推荐优秀网络文学出版物活动"项目推荐作品；《陈可乐奋斗记》获河北省新闻出版广电局冀版精品出版工程第二届优秀原创作品奖；《南方的雨季：空青童话故事集》《青果青》分别入选第一、二届首都青少年最喜爱的10部网络文学作品名单。

行业类：海峡两岸新媒体原创文学大赛入选中国数字阅读大会2015年度十大数字阅读创新案例及2016年度十大数字阅读活动，获第三届中国出版集团融合发展奖最佳影响力奖等。

2.项目扶持类

《守望》等6部作品入选北京市音像、电子、网络出版物奖励扶持项目；《岐黄》等5部作品入选北京市影视出版创作基金优秀数字出版物项目；《不易居》《命门》《不能没有你》《湘水谣》等多部作品陆续入选中国作家协会重点作品扶持项目；《我的幸福好时光》等3部作品分别入选中国作家协会定点深入考察生活项目。

3.优秀作者成绩

公司坚持助推签约作者的个人发展。通过对重点作者的创作引导和培训，签约作者陆续获得中国出版政府奖提名奖、国家新闻出版广电总局推优、中国作家协会重点项目扶持及冰心散文奖等。

另外，中国作家协会为网站提供的鲁迅文学院高研班定期培训、特定题材类型培训班、井冈山主题教育培训班等培训机会，给我们的作者提供了向上空间，增强了组织凝聚力。

三、与原创文学业务协同发展的中版数媒特色业务

（一）大数据基础平台

大数据基础平台是数媒公司运用云计算、大数据、人工智能等先进技术，以当前领先的"一切即服务"为技术理念，以服务集团和行业供应链为宗旨，以深度融合发展为目标，打造的资源共享、流量互通、复用性高、

可生长的数据中心和综合运营的大平台。

大数据一站式应用解决方案：利用强大的数据分析能力，帮助机构用户获取有价值的数据信息，提供辅助决策依据。平台采用微服务架构，支持多种机构不同需求，如资源聚合、数据追踪、用户画像、知识服务、版权销售等。

（二）新媒体运营

中国出版集团新媒体矩阵：以集团网站为基础，相继展开的集团英文网站、股份公司网站等网站集群，以及以中国出版集团官方微信、官方微博为基础，同步宣传的集团强国号、一点号、头条号等新媒体集群。致力于推动媒体融合，扩大中版影响力和覆盖面，掌握宣传主动权，把握舆论导向，讲好中版故事、传递中版好声音，形成全方位、立体式宣传格局。

"中版去听"有声团队，共制作1000余部有声书，累计3万多小时。大型系列有声书献礼作品"壮丽70年——从红色历史走进新时代"，以献礼新中国成立70周年为导向进行主题宣传，入围2019国家新闻出版署数字出版精品遴选推荐计划。改编录制的"京味儿老舍"系列、"人文经典名著名译"系列、"诺贝尔文学奖作家文库"系列等有声产品也因其精良的品质在有声书市场上获得了大量用户的喜爱，目前有声书全网播放量近亿。

《我的书》：一档"品书"类短视频栏目，旨在为读者推荐更多新书、好书。知名作者贾平凹、毕飞宇、刘慈欣等海内外名家都曾做客栏目，与观众分享创作经历、人生故事以及对当下社会现实的观照与思考。

《地铁上的读书人》：一档网络微纪录片，以口述实录方式记录在地铁上读书的人，通过地铁这个与人紧密相连的交通工具，观察城市中普通人的生活以及精神状态，探寻构建城市公共精神空间的可能性。纪录片共播出11期，单集最高播放量近百万，微信推送阅读量屡次达10万＋，微博话题"地铁上的读书人"阅读量293万，视频内容被新华社、新华网、凤凰网等多家媒体平台以及共产党员、读家书院等媒体公众号转载。

四、展望

未来大佳网期望通过中国出版集团的影响力、号召力，中国出版传媒商报的传媒力，以及中版数媒的大数据基础平台和新媒体运营能力，启动开放创新，以跨界带动势能，整合多方资源，着眼IP开发运营，由网络文学平台向全产业链运营平台延伸版图。

一、网站介绍

番茄小说网（fanqienovel.com）作为番茄小说旗下原创文学平台，致力于挖掘和培育优秀的原创网络文学作家，打造中国最大的故事创作与交流平台，为优秀的原创网络文学作家提供创作平台和海量用户，帮助新人作家成长。

番茄小说是抖音在2019年推出的免费阅读产品，致力于让人人都能享受好故事，让好故事影响更多人。拥有海量正版小说，涵盖言情、都市、玄幻、悬疑等主流网文类型，以及大量热剧原著和经典出版物，支持用户看书、听书。番茄小说网作为番茄小说旗下的原创文学平台，涌现出三九音域、奕青锋、丛月等年轻的创作者，2022年入驻番茄小说的原创作者数较2021年增长300%，其中65%是"90后"作者。签约作者最多的五个省份分别为广东、四川、江苏、山东、河南。

二、运营模式

番茄小说网作为番茄小说旗下原创文学平台，致力于挖掘和培育优秀的原创网络文学作家。与番茄小说网签约的作品，将在番茄小说、今日头条、抖音等APP中分发给过亿用户。依托番茄小说"广告＋免费"的阅读模式，签约作家有机会获得丰厚的广告分成收入。此外，平台还提供全勤奖励、版权衍生开发等奖励福利与多元变现方式，并为优秀原创作家提供亿级宣传和包装资源。

为最大限度帮助作家实现作品版权利益最大化，番茄小说大力推进版权开发工作，签约作品已完成多项版权开发合作：超千部番茄原创作品改编有声、动漫、长短剧、游戏、海外翻译；累计完成中国大陆简体出版签约近百部作品，涵盖了社会现实、现代言情、历史、都市等多种内容题材。影视方面，在挖掘创新题材的同时，也重点关注了下沉题材的多元化开发，如讲述农村青年努力改变命运的现实主义题材小说《山河志》《少年行》。动画方面，力求筛选出既满足青少年的奇妙想象力，又宣扬勇于担当、热于奉献的保家卫国精神的佳作，如年度最畅销幻想小说《我在精神病院学斩神》、少年英雄成长类幽默小说《开局地摊卖大力》。

三、内容领域

番茄小说网积极鼓励年轻人进行内容创作，目前已有签约小说作品35万余本，题材包括都市、玄幻、游戏动漫、悬疑、历史、种田、现代言情、古代言情、甜宠、穿越、豪门总裁、重生等网络热门小说分类。

榜单包括推荐榜、完本榜、口碑榜、阅读榜、高分榜、追更榜、热评榜、黑马榜、热搜榜、人气榜等。推荐榜是番茄小说最具平台权威性的榜单，有综合作品分类热度、作品追更情况、用户评论热度、作品口碑、作品字数等维度，运用先进的推荐算法，结合用户的阅读偏好进行精准推荐。

四、重要作家和代表作品

（一）重点作者介绍

骁骑校：中国作家协会会员，江苏省网络作家协会副主席，徐州市作家协会副主席。曾获第六届紫金山文学奖、首届泛华文网络文学"金键盘"奖、第二届茅盾文学新人奖·网络文学新人奖等。著有10余部小说，总计1600余万字。其中，《橙红年代》被改编为同名电视剧，番茄小说签约作品

《长乐里：盛世如我愿》入选2021年中国作家协会重点扶持项目。

三九音域："95后"青年作家，番茄小说第一届网络文学大赛新人王，都市脑洞小说品类之王。代表作《我在精神病院学斩神》漫画改编版已上线，动画改编进行中。

月关：中国作家协会网络文学委员会委员，辽宁省作家协会副主席，辽宁文学院客座教授，上海视觉艺术学院客座教授，中国传媒大学特聘专家，江苏省网络作家协会副主席，海南省网络作家协会副主席。代表作《回到明朝当王爷》《夜天子》等。

梅子黄时雨：浙江嘉兴人，2006年底开始在网络上进行文字创作，2009年出版了第一本畅销小说《人生若只初相见》。截至目前已出版14部畅销言情小说，总销量在百万册以上。其中《有生之年，狭路相逢》《有生之年，狭路相逢终章》《恋上，一个人》《遇见，终不能幸免》等影视版权均已出售给上海克顿文化传媒有限公司。另外，《人生若只初相见》《江南恨》输出越南语小说。

余艳：湖南省作家协会副主席，湖南省网络作家协会主席。享受国务院特殊津贴专家，一级作家。中国作家协会会员，湖南省报告文学学会常务副会长。出版长篇小说、散文、长篇报告文学等24部个人专著。代表作有《守望初心》《板仓绝唱》《杨开慧》《后院夫人》等。曾在《人民文学》《新华文摘》《人民日报》《光明日报》等百余家报刊上发表作品。创作文学、影视作品共600多万字。曾获全国"五个一工程"奖、徐迟报告文学奖、中国报告文学年度奖、湖南省"五个一工程"奖、毛泽东文学奖、第八届长征文艺奖、人民网优秀作品奖、湖南省报告文学大赛一等奖和人民文学新秀奖等。

玉松鼠：新疆作家协会会员，新疆农七师作家协会副主席，新疆独山子作家协会副秘书长。"80后"网络写手，新疆排名靠前的网络作家。主要作品有《盗墓往事》《裸眼》《盗墓往事二之鬼脸家族》《西域唐关入侵者》《疯语者》《逃离心森林》等，所有作品皆授出有声版本。番茄小说签约作品《此生，让我成为你的英雄》入选2020年中国作家协会重点扶持项目。

翟延鹏：山西省作家协会会员。作品《通惠河工》2018年在北京市新闻出版广电局第二届中国"网络文学＋"大会上入选重磅发布21部优秀网文作品榜单，并作为重点IP作品进行展示，同时以第二名的优异成绩入选北京市2018年向读者推荐优秀网络文学原创作品名单。《掠风者》是2015年创作完成的谍战题材小说，现已改编成同名有声小说。《烽火九连》是2018年长城主题的现实主义抗战军旅题材作品，获得了较高程度的关注和读者的认可。

知更：北京市作家协会会员。作家，编剧，自由撰稿人。本科就读于北京大学药学院，硕士毕业于英国帝国理工大学公共卫生学院。其医学背景为写作展开了更大的空间，开启了全新的视角。长篇小说《双生》获得中国作家协会网络文学重点作品扶持奖（影视改编版权已出售给腾讯影业）；中篇小说《你睡了，我醒了》入围第五届豆瓣阅读征文大赛新女性故事·单身状态组决选，入选2018年第21届上海电影节百部官方推荐作品；长篇小说《啤酒与牛奶》连载于网易云阅读，获五星好评，点击量超500万。担任《我亲爱的小洁癖》《沉睡花园》《我的美男计划》等影视剧编剧；专栏连载《英漂第五年》，豆瓣阅读评分9.2分，获第九十六期"小雅奖·最佳专栏连载"，成为特约撰稿人；与《世界遗产地理》《海南航空》《青年文摘》《旅行家》《新旅行》等杂志以及移民家园网、跃居英国等网络平台和公众号有长期合作。番茄小说签约作品《幸福在家理》入选2021年中国作家协会重点扶持项目。

季小暖：知名作家，广电编剧培训班优秀学员。著有《我和文物有特殊的沟通技巧》《亲爱的神探大人》《让我聆听，你心跳的声音》《心理治愈师》《大明女探官》《旧唐秘闻录》《画棠清梦》《冰上的华尔兹》《披好我的小马甲》《何处笙歌留粉黛》《他站在深渊凝视你》《完美男神等等我!》等，其中《冰上的华尔兹》荣获"新时代的中国"第二届全国网络文学现实题材主题征文大赛优秀奖。

陌上人如玉：大连市作家协会成员，大连市新的社会阶层专业人士联谊会（大连市社会组织统战工作联合会）常任理事。作品总字数已超千万，擅长多种题材结合的创作方式，笔下人物性格鲜明，形成特有的创作风格。多部作品获得国家级或网站奖项，授出影视或动漫版权。影视漫画类作品主要有《大理寺少卿的宠物生涯》《十娘画骨香》《安洁西公主》等，繁体出版主要有《大理寺少卿的宠物生涯》《神医夫君下酒菜》《王爷，心有鱼力不足》《他与谎言为伴》等，简体出版主要有《安洁西公主》等。

风雨如书：国内著名悬疑作家，河南省作家协会会员、鲁迅文学院第九届网络班毕业生、咪咕学院第三届高级培训班毕业学员，在国内发表悬疑作品500多万字，出版简体作品23本、繁体作品20本。其中《刑警手记》系列作品、《除灵法师》系列作品、《重回犯罪现场》等多部作品授权影视改编；《重回犯罪现场》系列作品有声版权蝉联喜马拉雅悬疑榜首、《除灵法师》改编漫画全网点击超过数千万。

童童：鲁迅文学院第五届作家班成员，作家、编剧。2003年获第三届中国少年作家杯全国征文大赛三等奖，2006年起从事网络文学创作，长期霸占新浪风云榜、销售榜前三，腾讯收藏榜前十，中国移动读书榜前十，至今累计共创作千余万字，网文均订过四万，首订破十万，网络收入过百万，累计点击过百亿，平均微博数十万阅读量和关注度。擅长青春纯爱、都市言情、热血校园等题材，10余年创作笔耕不辍，有固定的庞大书友群支持，累计出版简体、繁体言情小说38册，影视改编7部。

岳勇：曾出版《诡案罪》《猎凶记》等系列悬疑罪案小说。其中《诡案罪》（8卷本）曾多次雄踞各类图书畅销榜单，受到读者追捧，同名超级网剧由年轮映画和新华先锋重金打造，拍摄工作已经启动。

阿刀：自2014年开始发表作品，至今共发表1000万字，独立创作并发表《年少有为》《少年行》《江吻》《白姐》《蒋美人》《谁的青春不任性》《港岛姐姐》《烟台姑娘》等8部作品。其中，《年少有为》全网点击量破千万，荣获万读最佳畅销作者奖；《蒋美人》点击量三百万，荣获万读文学网最佳人气奖；《江吻》连续数月蝉联哎哟互娱凌云文学网销售榜冠军，点击量破千万，荣获凌云文学网热销作品奖。

蓝雪儿：自媒体人。代表作品有《宫谋：权倾天下》《野蛮校草爱上我》《邪魅来袭：夜宠抵债新娘》等。IP向古言《后宫：凤尊天下》等阅读点击逾千万，《宫谋：权倾天下》等多部作品已录制有声剧。

李昆：曾在消防部队服役16载，全国消防文联理事，鲁迅文学院首届公安作家班学员。主要作品有消防题材长篇小说《兵王》《火魂》，其中《兵王》被改编为31集同名电视连续剧，并于2018年6月5日起在爱奇艺播出；《火魂》被改编为40集电视连续剧《烈焰战神》，由公安部金盾影视文化中心、DMG娱乐传媒联合摄制，国家广电总局已立项，正在前期筹备。

燕霓南：中共党员，鲁迅文学院学员、广东省网络作家协会会员、肇庆市作家协会会员。善用细腻的笔触描绘人物丰富的内心感受，以独特的视角揭开深层次的问题，贴近生活，解读现实，探讨人性。多次在国内知名报纸杂志发表文章，累计10余万字。2009年，《爱过微蓝》入围榕树下原创文学大奖赛；2013年，《秘密爱人》位列新浪读书订阅排行榜月度榜单第三名；2018年，《余生与你共悲欢》获时阅新书热卖榜第一名。2019年开始专注于现实题材创作，目前已完成的现实题材作品有《好孕成双》《蜕变之路》《幸福将来时》《追梦人》等。2019年，《蜕变之路》在中国第二届网络文学和首届网络文学博览会上被重点推介、展出；2020年，《单亲妈妈是超人》入围第四届中国"网络文学＋"大会优秀作品名单及第27届北京电视节目交易会优秀作品名单。

晓月：作家，编剧。代表作《倘若你爱我》《婚久必昏》。

歌怨：知名网络作家，福建省作家协会会员。代表作《妖君在上》。

冰蓝纱XM：中国作家协会会员，福建省作家协会会员。代表作《美人谋》，改编成电视剧《天泪传奇之凤凰无双》。

续写春秋：番茄小说都市情感文作家。代表作《丽江，今夜你将谁遗忘》《昆明，今夜你将谁遗忘》《极限穿越》《可可西里的诱惑》。

厌笔川0：河北省作家协会会员，廊坊市网络作家协会理事，鲁迅文学院学员。代表作《鬼谷尸踪》《周公解梦》《法医档案》《以罪之名》等。

风圣大鹏：网文百强大神作者，中国作家协会会员。代表作《剑道诛天》《苍穹之主》等。《山人行》入选2021年中国作家协会重点扶持项目。

邪灵一把刀：知名悬疑作家，四川省网络作家协会会员。代表作《海藏》《探险手札》。

陈行者：中国网络作家村成员，浙江省网络作家协会会员。代表作《一号狂兵》《逆鳞》。

君天：四川省作家协会会员，擅长都市长篇创作，全网点击破亿，销售破千万，共创作千万余字。

夜行仙：代表作为魔幻小说《弥天记》，曾获第二届两岸青年网络文学大赛一等奖及最佳人气奖。

（二）2021—2022年度获奖作品

2021年：《长乐里：盛世如我愿》入选中国作家协会中国网络文学影响力榜网络小说影响力榜及中国小说学会2021年度好小说榜单，获花地文学榜年度网络文学奖，并与《幸福在家理》《山人行》一同入选中国作家协会网络文学重点作品扶持项目；《幸福在家理》又与《犯罪心理师》《婚牢》一同入选第五届中国"网络文学＋"大会优秀影视IP作品推优名单；《红船雅颂：一百年的眺望和追随》等6篇作品入选中国作家协会庆祝中国共产党成立100周年"党在我心中"短文征集活动优秀作品。

2022年：《长乐里：盛世如我愿》入选2021年优秀现实题材和历史题材网络文学出版工程，同时与《幸福在家理》《山人行》入选中宣部文艺局开展的优秀网络文艺作品展示活动，在"学习强国"学习平台上开设专区进行展示；《长乐里：盛世如我愿》等10部作品入选中国作家协会"喜迎二十大"优秀网络文学作品展示活动；《小城大医》入选中国作家协会网络文学重点作品扶持项目；《洞庭茶师》入选中国作家协会重点作品扶持项目；《月球之子》入选中国小说学会2022年度好小说榜单。

五、签约机制

番茄小说网针对不同层级的入驻作者，提供了分成、保底、高分成三种可选的签约方式。签约作品以独家全版权为主，有不同需求的作者，网站也可以针对需求提供不同的签约合同模板。

六、激励创作的举措

为培育优秀作者，番茄小说网自成立以来，上线了一系列作者扶持策略及福利活动，包括面向所有原创首发签约作品开放的基础福利全勤奖，鼓励作者创作长篇作品的完本奖和连载奖。为有效帮助作者持续创作优质作品，平台为数据达标的潜力优质原创作品提供新书期的创作保障，推出星火计划，以每月现金奖励的形式让潜力作品不因收入不稳而在短书期断更流失，让内容优质的作品获得更高的奖励，激励作者创作更好的内容；为培养不同题材作者，结合各品类特征，推出了魁星计划、收入保障计划、女频"她·星动"系列创作活动，不定期上线面向特定分类或题材作品的活动，帮助作者无后顾之忧地创作长篇作品。

为助力广大作家实现创作梦想，2022年，番茄小说网上线第二届网络文学大赛等9个征文比赛，包括与张家界武陵源风景区发起的玄幻小说联合征文，及与冷湖天文观测基地发起的科幻小说联合征文，为作者持续提供创作保障和专属福利。

为解决作者在日常创作中遇到的写作问题，上线番茄作家课堂，以公开课程形式为作者进行培训指导，课程涵盖新手专区、写作技巧、分类进阶、大神专访四个模块，覆盖新老作者的不同学习诉求。

七、内容团队建设

目前番茄小说网编辑团队由总编辑谢思鹏（笔名：玖伍贰柒）、副总编辑徐良（笔名：徐小鱼）领衔，共60余人。根据作品不同的题材方向和职责分工，分为男频一、二、三组，女频一、二、三组，新媒体组，出版组，短篇内容组。

男频一组和女频一组主要负责传统的网文内容；男频二组和女频二组主要负责创新脑洞向的网文内容；男频三组和女频三组主要负责网文小垂类的内容；新媒体组主要负责定向生产适合新媒体渠道用户阅读的网文内容；出版组主要负责已签约网文作品的出版图书转化工作；短篇内容组主要负责短故事类型的内容生产。

七猫中文网

一、网站介绍

上海七猫文化传媒有限公司（简称"七猫"）是一家专注于原创文学版权培育与开发，致力于为用户提供正版、免费、优质的网络文学内容阅读服务的综合性互联网文化平台。旗下拥有七猫免费小说APP、七猫中文网（www.qimao.com）等拳头产品。现平台用户超5亿，用户规模位列数字阅读行业前列，累计服务作者近30万，拥有作品近20万部。

七猫中文网于2017年5月正式上线，是七猫旗下面向网络文学作者提供的集创作指导与版权运营等服务于一体的优质内容孵化平台。网站以"匠心打磨好作品"为经营理念，依托自身渠道优势，努力打造符合读者个性化需求的精品内容生产基地，树立具有影响力的原创网络文学品牌。

二、发展历程

2017年2月，七猫注册成立。同年5月，七猫中文网前身梧桐中文网正式上线，面向网络文学作者提供综合服务。

2018年，"七猫"品牌确立。同年8月，七猫免费小说APP Android版正式上线，专注为用户提供正版、免费、优质的网络文学内容阅读服务。

2019年3月，七猫免费小说APP iOS版上线。同年5月，七猫在三亚举办第一届作者大会，从此，以"匠心打磨好作品"为一贯主题的作者大会作为年度品牌盛事得以确立，每年5月举行，目前已办至第四届。同年7月，七猫获得百度战略投资。

2020年1月18日，梧桐中文网正式更名为七猫中文网。同年12月，七猫中文网举办首届现实题材征文大赛，表现亮眼。该赛事已成为七猫年度重要品牌盛会，每年5月举行，目前已办至第三届。七猫免费小说APP2020全年累计服务用户突破3亿。

2021年10月，七猫并购北京幻想纵横网络技术有限公司（以下简称"纵横文学"），实现了在内容和分发体系上的融合升级。

2022年7月，七猫在海南澄迈设立内容审核中心，进一步落实平台主体责任。七猫免费小说APP2022全年累计服务用户突破5亿，规模位列数字阅读行业前列。

三、运营模式

七猫以"让人们拥有奇妙幻想"为经营使命，建立起从版权合作、生产、分发到衍生改编等全套成熟的数字版权运营生态体系。

（一）上游——加大原创投入，丰富内容库

七猫秉持"匠心打磨好作品"的理念，积极发展原创业务。一方面，不断优化自有原创平台的作家服务体系，开创"保底＋超保底分成"的签约政策，并通过现实题材、小众题材等征文，加大对优质作家及优质作品的培育。同时，通过并购、对外投资，丰富内容生态。2021年1月，七猫投资数字出版行业A股上市公司中文在线，成为其第三大股东。10月，全资并购国内老牌原创文学平台纵横文学。

（二）中游——"免费＋付费"，双引擎创收

2018年，七猫率先探索新型免费阅读模式，上线"七猫免费小说"阅读平台，产品基于"用户免费读书、广告商买单、作者有收益"的新型商业模式，打破了在线阅读以付费为主导的行业格局。并购纵横文学后，七猫又开始探索新型付费阅读模式，提出"付费阅读＋延时免费"的新型运营模式，并依托精细化运营和海量品牌宣传，实现付费业务的逐步增长。

（三）下游——多元IP开发，重点发力影视

以网络文学为基石，七猫不断壮大IP开发和运营的版权生态业务矩阵。截至目前，已有169部作品实现影视授权，93部作品完成有声改编，14部作品完成漫画改编，2部作品完成游戏改编，3部作品完成动画改编，19部作品实现简繁实体出版，57部作品成功输出海外，国内和海外NFT合计48部。

四、内容领域

七猫始终秉持百花齐放的内容签约政策，"女生原创""男生原创"覆盖全品类，题材分类标签，男女频分别为25项和19项，其中"女生原创"以古代言情、现代言情、玄幻仙侠、种田经商、年代重生等题材为特色；"男生原创"以异界大陆、穿越历史、东方玄幻、异术超能等题材为特色。

为给予作品更多展示机会，也为更好地帮助读者遴选目标书籍，七猫采用不同筛选规则和维度设置榜单，包括原创风云榜、原创飞跃榜、大热榜、新书榜、完结榜、收藏榜、热搜榜、更新榜、必读榜等9个榜单。其中，原创风云榜、原创飞跃榜及必读榜是七猫特色大榜代表。

原创风云榜针对七猫中文网所有独家签约作品，基于上月的作品收入、好评数、打赏值、必读票数及作品题材五大维度综合计算，每月3日12点准时发布。

原创飞跃榜针对七猫中文网所有独家签约作品，基于上月的作品收入增量、好评数增量、打赏值增量、必读票数增量及作品题材五大维度综合计算，每月3日12点准时发布。

必读榜基于七猫全站千万级活跃用户真实阅读体验，根据必读票数、阅读人数、专家点评、用户评价、质量稳定性五大维度，为读者提供可靠的必读书单，每月10日更新。

五、重要作家和代表作品

为作者提供最好的创作平台，为作品提供最好的展示平台。七猫秉持

初衷，经过六年的培育与积累，已成功挖掘了一批有影响力的优秀作者，为读者呈现了题材丰富、独具魅力的网络文学精品佳作。重要作家及其代表作品有：

匪迦：《北斗星辰》《关键路径》《画天为牢》《迷雾苍穹》《中和之道》。

胡说：《扎西德勒》《奋斗者》《天路》《一念觉醒》。

竹正江南：《桃李尚荣》《天年有颐》。

顾天玺：《尖锋》《指尖有光》《沉默之刃》。

棠花落：《蔬果香里是丰年》《万里山河一日还》《诗酒正年华》《医路逆行》《我的中国芯》。

其他优秀作品主要有伴虎小书童《苍穹之盾》、橡皮泥《直播之我在北极当守冰人》、漫步云端《盛妆山河》、吴半仙《丰碑》、银月光华《大国盾构机》、喵喵大人《第一瞳术师》、金笑《窥夜》、白马出凉州《腾格里的记忆》。

六、签约机制

七猫中文网采用"保底＋超保底分成"的签约模式，与作者共担风险，共享收益。

作品成长期，七猫给予作者保底稿费的基础保障，签约作品千字价格20元～500元不等，为作者安心写作提供稳定的收入保证；作品成熟期，分成收入超过保底收入，平台就按分成模式与作者共享收益。该签约模式下，平台严格遵守"每月8号前发放稿费""严格五五分成""完结作品持续分成"等原则。

2022年1月1日起，七猫中文网作家签约政策对作者福利进行了版本升级，主要包括全勤奖、续签奖、榜单激励奖、作家上海行、作家年会等。

七、激励创作的举措

七猫秉持"匠心打磨好作品"的内容理念和"悦近来远"的合作态度，

重视原创内容和原创作者的培养。

（一）特色题材征文

1.七猫中文网现实题材征文大赛

七猫中文网现实题材征文大赛是七猫依托自身专业和平台资源举办的一年一度聚焦现实题材的征文活动，也是七猫重点打造的一项品牌赛事，旨在引导和鼓励全体作家和写作爱好者积极投身主旋律和现实题材创作。目前已举办至第三届，吸引了很多新作者扎根平台，专注现实题材作品创作，涌现了《扎西德勒》《北斗星辰》《关键路径》《桃李尚荣》《狮舞者》《丰碑》《苍穹之盾》等多部荣获国家级重要奖项的现实题材作品。

2.小众题材征文

为鼓励更多新手作家的创作创新热情，七猫启动了一系列特色题材征文活动，目前签约作品已达数百本，并获得提价奖励。

（二）新人训练营

2022年5月1日，七猫中文网正式开启七猫新人作者训练营，突出五大优势特点助力新人作者的快速成长。

1.新人门槛不设限

训练营面向无百万字创作经验的新手作者，对创作背景、经历及历史成绩不设门槛，广泛吸纳新人作者创作。

2.新人奖学金扶持

签约即可获得每千字10元的新人奖学金，且前两个月无更新要求，按创作字数结算。后续渠道收入直接分成，新人奖学金全额扶持，无须参与收支平衡。

3.完善的新人课程计划

由七猫编辑团队精心制作，从行业认知到创作技巧，全方位提升新人作者的写作能力。

4.责编全程跟踪指导

责编每人每月最多签约两名新人作者，最大限度保证指导的有效性和服务质量。

5.完善的毕业机制

平台为顺利毕业的新人作者提供毕业奖学金，且给予其新书升级保底签约权力，并为其提供作家年会、作家上海行等互动活动福利。

（三）推广力度

平台对新人作者作品，根据作品成长和表现给予相应的网络媒体、线下广告、电视媒体、会展宣传、荣誉资质申请、版权运营等多维度、全资源的政策扶持，给予新人全面可持续的成长。

（四）日常举措

原创部门组建内容审稿委员会，组织资深编辑交叉审稿，形成内容三审制，提升编辑部整体审稿效率的同时，也能让审编意见更全面科学，一定程度上给予新人作者更多被发现的机会。对于重点潜力作者作品，编辑部成立内容策划专题组，总编、主编、资深编辑集中讨论决策，提高潜力作品的确定性和成功上限。同时，七猫还重视倾听作者意见，根据作者诉求来进一步提升平台服务能力，比如运营作家交流区、推出作家助手等，均为新手作家提供更好的使用体验和服务。

八、内容团队建设

截至2022年12月，七猫中文网原创内容编辑团队80余人，网站总编1人，副总编1人，男女频总编各1人，主编3人，责编57人，版权运营10人，作家产品运营7人。其中持有出版专业技术资格证书者26人（初级11人，中级15人）。持证人员每年参加地方新闻出版教育培训中心的再教育培训，通过不断学习政策法规，保障平台内容的规范化管理。

七猫中文网下设原创一部和原创二部（男女频），其中女频团队38人，男频团队24人，编辑阅龄均超10年。近40%的编辑拥有3年以上编辑岗位从业经验，熟悉出版相关法规政策要求，可以为作者提供专业的创作咨询意见和写作指导服务。

一、旗下网站介绍

咪咕数字传媒有限公司是中国移动咪咕公司旗下子公司，成立于2014年12月18日，前身为中国移动手机阅读基地，于2009年初在浙江移动启动建设，2010年5月手机阅读业务全网商用。公司现有咪咕阅读、咪咕云书店、5G融媒手机报等系列优质互联网产品，累计培养了4.6亿用户的数字阅读习惯。

咪咕数字传媒有限公司旗下咪咕文学是行业内首个具有生态价值与影响力的"元叙事"内容平台，通过"网文＋剧本＋X"内容生产新范式为5G时代IP全场景赋能，目前已拥有超一万部全版权IP作品，超一万名签约作家。咪咕文学下设APP端咪咕阅读及网页端咪咕文学网（www.cmread.com/wenxuenew/）。

二、运营模式

咪咕阅读是集数字阅读内容和用户互动社区于一体的阅读互动平台，以大数据推荐精准触达读者、智能语音朗读打造沉浸看听体验、评论互动构建深度阅读社区，服务广大网络文学、数字出版及有声阅读用户。咪咕阅读的大数据推荐是在汇集海量图书、基于用户偏好选择和历史阅读数据的基础上，通过算法引擎，实现页面内容推荐千人千面，并支持智能化的频道和分类排序调整。智能语音朗读打破看听界限，拥有精心调校的TTS引擎，为用户提供接近自然人声的智能语音朗读服务，带来无缝自然的看听转换沉浸式体验。深度阅读社区以阅读内容为基础，打通包括书评、笔记等在内的端内互动场景，围绕自签约作者和端内核心用户打造UGC内容生产和传播能力，构建深度阅读互动社区。

同时，通过多渠道布局整体IP，咪咕文学原创作品目前已完成有声开发807部、游戏8部、动漫82部、影视84部、剧本游戏48部、出海362部。

三、内容领域

咪咕阅读拥有60余万册正版数字内容，分为出版类图书和原创小说两大类，另有百万小时有声阅读内容。

出版类图书含影视原著、经管新书、悬疑青春等分类；原创小说含都市、玄幻、仙侠、历史、游戏、体育、武侠、现代言情、古代言情、青春校园等分类。

榜单分作者维度、内容维度两个大类。作者维度榜单有销量榜、人气榜、新人榜、勤奋榜；内容维度榜单有畅销榜、飙升榜、完结榜、新书榜、月票榜、打赏榜、热度榜、收藏榜等。

四、重要作家和代表作品

（一）重要作家及代表作品

咪咕文学累计签约超一万名创作者，其中白银级以上中腰部作者340人，钻石级以上头部作者63人，独家长约创作合伙人40人。部分重点名家及代表作介绍如下：

缪娟：作家，编剧。代表作《我的波塞冬》《翻译官》《幻唐盛夜》《人间大火》等。

空留：编剧，首位登陆戛纳的网文作家，鲁迅文学院第十五期作家班学员。代表作《惜花芷》《最佳词作》《幺女长乐》《簪花少年郎》等。

阿彩：作家，编剧。中国作家协会会员，中国网络文学委员会委员，南昌市作家协会副主席。代表作《九杀》《神医凤轻尘》《凤凰错》《盛世天骄》《孤凰》等。

管平潮：浙江省政协委员，浙江省作家协会、网络作家协会副主席。代表作《仙剑奇侠传》《血歌行》《仙剑问情》《九州牧云录》《仙风剑雨录》《剑侠最少年》《燃魂传》等。

陈楸帆：作家、翻译，中国更新代代表科幻作家之一，第四届茅盾文学新人奖获得者。代表作《荒潮》《未来镜像》《肾痛》《异化引擎》《人生算法》等。

海胆王：连云港市网络作家协会副主席，江苏省网络作家协会会员。代表作《桃源山村》《高阳》等。

晓云：吉林省作家协会会员，辽宁省作家协会网络文学工作委员会委员。代表作《凤唳江山》《风华鉴》等。

怡然：作家，江苏省网络作家协会会员，南京市作家协会会员。代表作《谢家的短命鬼长命百岁了》《玉渊错：嫡女的快意人生》《我见探花多娇媚》等。

海青拿天鹅：古风言情畅销作家。代表作《双阙》《春莺啭》《白芍》《一念桃花》《昭华缭乱》等。

山谷君：都市爱情系列作家。代表作《许你山河万里》《掌心有你多欢喜》《今日宜偏爱》等。

麦苏：中国作家协会会员，河南省网络文学学会副会长，郑州市网络作家协会副主席、秘书长。代表作《荣耀之上》《我的黄河我的城》《生命之巅》《寰宇之夜》等。

风圣大鹏：中国作家协会会员，陕西省网络作家协会首任主席。代表作《诸天神帝》《万界天帝》《独霸万古》《卧牛沟》等。

我本纯洁：中国作家协会会员，广西壮族自治区作家协会副主席，第十二届广西壮族自治区政协委员。代表作《神控天下》《第一战神》等。

庹政：中国作家协会会员，四川省网络作家协会副主席，内江市青联委员、政协委员。代表作《猛虎市长》《商藏》等。

流浪的军刀：军事文代表作家，湖南省网络作家协会副主席。代表作《终身制职业》《愤怒的子弹》《使命召唤》等。

御风楼主人：河南省作家协会会员。代表作《看破西游便成精》《麻衣世家》《失落的桃符》《布衣神探》等。

夜火火：广西壮族自治区网络作家协会秘书长，广西壮族自治区作家协会会员。代表作《书中自有颜如書》《首席新闻官》等。

米螺：中国网络作家村成员，浙江省网络作家协会会员。代表作《拨云》《你是无意穿堂风》《解佩令》《藏娇》等。

海曈：擅长青春幻想题材和影视定制文。代表作《快穿之拯救世界攻略》《大漠江湖》《冰球少年》《不就是拔河么》等。

古兰月：中国作家协会会员，金华市网络作家协会主席，浙江省首批宣传思想文化青年英才，金华市政协委员。代表作《冲吧，丹娘!》《龙井》等。

（二）历年作家作品获得的国家级荣誉

咪咕文学目前共有83部作品获得省级以上奖项，有多部作品在不同领域多次获奖，其中获得国家级荣誉的作品37部，详细情况如下：

2017年：辛夷坞《我们》获2016年优秀网络文学原创作品推介；郭羽、刘波《网络英雄传I：艾尔斯巨岩之约》获第四届中国出版政府奖。

2018年：沧月《镜·朱颜》、骠骑《诡局》获2017年优秀网络文学原创作品推介。

2019年：唐家三少《拥抱谎言拥抱你》，郭羽、刘波《网络英雄传II：引力场》，管平潮《燃魂传》获2018年优秀网络文学原创作品推介；郭羽、刘波《网络英雄传II：引力场》被评为2018年十佳数字阅读作品；庹政《商藏》、流浪的军刀《血火流殇》入选2018年中国网络小说排行榜；庹政《商藏》入选第三届中国"网络文学＋"大会年度最风光文旅IP作品，郭羽、刘波《网络英雄传II：引力场》入选年度十大影响力IP；袁语《晚安，我的费先生》获2019年优秀网络文学原创作品推介。

2020年：郭羽、刘波《网络英雄传之黑客诀》被评为2019年十佳数字阅读作品；管平潮《天下网安：缚苍龙》入选2019年度中国网络文学排行榜。

2021年：余飞《人民的正义》被评为2020年十佳数字阅读作品；古兰月《冲吧，丹娘!》、月关《极道六十秒》、管平潮《天下网安：缚苍龙》、袁语《晚安，我的费先生》、流浪的军刀《血火流殇》及任重、邱美煊《宛平城下》，郭羽、刘波《网络英雄传》系列入选"红旗颂——庆祝建党百年·百家网站·百部精品"名单。

2022年： 赖尔《赛博正义》、东妹《外卖老哥》、冰天跃马行《敦煌：千年飞天舞》入选中国作家网网络文学新作推荐名单；海胆王《高阳》、冰天跃马行《敦煌：千年飞天舞》、我本纯洁《沧海归墟》获中国作家协会网络文学重点作品扶持；麦苏《生命之巅》入选2022年数字阅读推荐作品名单；素衫清韵《老房子》和《南山花已开》、东妹《青春水阳》、海瞳《冰球少年》、清扬婉兮《有依》、海胆王《高阳》、米螺《藏娇》、蝶衣《大国棉仓》、古兰月《踏月归来》、何常在《双赢》、江左辰《凤栖苗乡》、蓝强《山乡的振兴者》入选"喜迎二十大"优秀网络文学作品联展；麦苏《陶三圆的春夏秋冬》获"奋进新征程、书写新史诗"主题专项扶持；冰天跃马行《敦煌：千年飞天舞》获学习强国APP优秀网络文学作品推荐；风圣大鹏《卧牛沟》获中国作家协会2022年第四季度网络文学新作推介。

2023年： 麦苏《生命之巅》被评为2022年度优秀网络文学作品。

五、签约机制

咪咕文学与创作者签约主要分为投稿、审稿、签约、发布四个流程。咪咕文学针对不同需求的创作者设立买断、保底、分成三种签约模式，不同模式下可享受不同的激励政策。创作者通过咪咕文学网点击投稿按钮，根据页面提示填写所需资料并上传两万字稿件正文即完成投稿。稿件经过编辑初审、复审后即可进入签约流程。通过审核的稿件将会结合作品潜力、作者潜力及编辑与创作者沟通的结果在买断、保底、分成三种模式中选择最适合创作者发展的一种模式签订协议。签约后的作品即可发布到咪咕阅读，在达到一定字数后向各个渠道进行分销，并销售各种版权。

六、激励创作的举措

在作者作品激励方面，咪咕文学设置全勤、激励全勤、完本奖、推荐奖、粉丝运营奖、第三方渠道收入激励、咪咕系产品渠道激励、移动专属渠道激励等多种激励政策。为所有新书、新作者提供了平等的新书孵化和推荐曝光机制，并通过不定期发布"咪咕杯"及咪咕与各领域知名机构联名发布的定向征文计划、创作合伙人计划、咪咕元叙事计划等重磅福利政策为创作者提供更多创作激励和曝光机会。

在作者发展上，咪咕文学设置个人积分成长体系，为创作者提供个人形象包装、作品申报奖项、作品版权登记、网络作家协会会员绿色通道、移动体系扶持等多角度扶持政策，助力作者作品快速成长。同时，设立咪咕文学院、网文公开课等免费课程资源，为创作者提供长期的学习机会。开设小鹤聊网文公众号等自媒体平台账号，定期更新创作技巧及行业资讯。定期举办咪咕万里行、创作者盛典、数字阅读大会等活动，为创作者提供长期的行业交流机会。跟随行业发展趋势适时开设短剧培训班，鼓励作者转型剧本游戏、剧本创作，为创作者挖掘不同方向的潜力，找到最适合自己的创作方向。

七、内容团队建设

咪咕数媒具备小说内容生产的核心能力，形成了初具规模的内容生产体系，建设了完备的分销发行渠道和内容引入体系。目前内容团队配备了专业的内容引入团队、内容策划团队、内容审核团队和质检团队，总人数近50人。团队成员平均从业时长8年以上，学历均为本科及以上，致力于打造出一支综合素质过硬的专业团队。

内容生产团队为加强优质内容储备，满足用户在不同场景下的沉浸式需求，打造极致体验的好故事。在内容生产上通过建立一体化运营孵化体系，构建全网数据测试体系，联动运营、全媒体等周期性宣发助力等核心能力，搭建出首个具有生态价值与影响力的"元叙事"内容平台。有效加快文学作品精品化、主流化、战略化的效率，并通过"网文＋剧本＋X"内容生产新范式为5G时代IP全场景赋能。

内容安全团队以事前防范、事中控制、事后复查为核心机制，涵盖三级审核、内外联动、投诉受理等多流程，形成立体的风险防控体系。同时引入网易易盾行业领先的机审能力和中央级权威媒体人民网相关专家进行把关，自上而下压紧压实内容安全层级化管理，全面融入从内容审核入库到图书质检复核的全流程当中，并签订内容安全责任书，有效保证责任落实到人，制度有效落地。同时，咪咕数媒依托近十年内容审核经营及大量语料素材积累，上线AI审核，为已有的三级审核机制加了一道防火墙，进一步释放编辑势能。

此外，咪咕数媒目前共有15名中级出版技术人员，并通过定期参加数字内容产品与管理培训班等继续教育培训，持续夯实团队专业技能。同时，持续开展净网行动、未成年人网络环境整治、历史虚无主义、用户账号信息整治等专项排查工作。

◼ 趣阅科技 ◼

一、旗下网站介绍

杭州趣阅信息科技有限公司旗下共有三个文学网站，分别是趣阅小说网（www.quyuewang.cn）、神起中文网（www.shenqiwang.cn）和品阅小说网（www.pinyuew.com）。

趣阅小说网： 2015年正式上线运营，是趣阅旗下女性向原创网络文学网站，用户定位女性读者，致力于培养优秀的网文原创作者，深入发掘和提炼适合数字阅读需求的精品内容，打造了《总裁在上》《舍我其谁》《工科女生》等多部爆款作品。2019年，《工科女生》被上海文化发展基金会列入第一批重点创作扶持名单。

神起中文网： 2016年正式上线运营，是趣阅旗下男性向原创网文平台，用户定位男性读者，以生产精品内容为目标，立志成为行业领先的网络文学内容生产商与版权运营商，打造了《武神主宰》《灵剑尊》《我的微信连三界》等优秀作品。2018年，《灵剑尊》荣获数字出版网络视听新媒体创新大赛三等奖。2019年，《我的微信连三界》荣获第一届互联网影视文娱盛典2019年度最佳创意奖。

品阅小说网： 2017年正式上线运营，是趣阅旗下综合性文学网站，囊括玄幻、仙侠、都市、言情、青春等多品类原创网文题材，打造出《女总裁的上门龙婿》《太古吞噬诀》《我的萌宝是僚机》等多部优秀作品。

二、运营模式

杭州趣阅信息科技有限公司旗下三个网站采取相同的运营模式，通过作品签约后上架原创作品，依靠读者付费阅读及广告获得收益。同时，网站作品通过各渠道进行有声、短剧、动漫等版权改售卖方式也能获得收益。

杭州趣阅信息科技有限公司旗下三个网站进行网文IP有声改编300余部，漫画改编40余部，动画改编10余部，影视剧改编40余部。

三、内容领域

杭州趣阅信息科技有限公司旗下三个网站共计签约作品10000余部。男频神起中文网主要签约都市、玄幻题材，女频趣阅小说网主要签约现言、古言题材，综合类网站品阅小说网主要签约言情、玄幻等题材。网站设置的榜单主要是人气榜和更新榜。

四、重要作家和代表作品

杭州趣阅信息科技有限公司旗下三个网站目前签约作者超6000名，重要作家作品如下：

暗魔师：神起中文网玄幻大神作家，代表作《武神主宰》《升级专家》等。《武神主宰》实体书已出版，亦有漫画、动画、网剧改编，全网数据火爆，超过20亿点击。《异界药神》点击量超千万。

只是小虾米：神起中文网大神作家，湖南省作家协会会员。作品《丹道宗师》简繁体均已出版，且在繁体出版榜单上长期占据第一，正在筹备动画改编，另有多部小说已经改编成游戏。

梁少：神起中文网签约作家，原纵横中文网大神作者。代表作有《唐伯虎现代寻芳记》《护花状元在现代》《最强教师》等。《捡个校花做老婆》连续霸占掌阅畅销榜单第一长达数月，是掌阅年度销售榜前十作品。

魂圣：神起中文网玄幻作者，代表作《逍遥医道》《焚天绝神》均取得不菲成绩，长期占据无线仙侠榜前十。作品《万道独尊》繁体出版大卖，目前正在进行动画改编。

姜小牙：趣阅小说网签约大神作者，文笔非常老练，十分擅长塑造偏执型男主。代表作《总裁在上》在全网引发了广泛讨论，已被改编为漫画、动态漫画、网剧、电视剧。

炎水淋：趣阅小说网签约大神作者，现代言情天后，对男女之间情感互动、拉扯的刻画非常深入人心。代表作《指染成婚》一经发表，立马火爆全网，稳居热销榜前十，小说改编的同名漫画在海外同样广受好评。

将离：趣阅小说网签约大神作者，擅长多元素的风格创作，特别是大女主类爽文。代表作《团宠萌妃五岁半》《重生之异能狂妻》等。

鬼月幽灵：趣阅小说网签约作者，擅长古言复仇类大女主爽文，剧情紧凑。代表作《重生嫡女归来》《我和前夫他哥 HE 了》等。

不会写就乱写：趣阅小说网签约作者，扎实稳重的文风中带着搞笑和新意，擅长古言爽文。代表作《公主嫁到：腹黑将军喜当爹》等。

花木蓝：趣阅小说网签约作者，擅长无线总裁文的创作，节奏把握得非常好，是一名十分高产的作者。代表作《宠妻狂魔别太坏》等。

五、签约机制

杭州趣阅信息科技有限公司旗下三个文学网站采取相同的签约机制。主要通过举办征文大赛、网站收稿、推荐收稿的方式吸引作者进行投稿，作品投递后，编辑会对作品的大纲和章节内容进行题材、内容新颖度等方面的评估，最终完成作品签约。作品签约主要分为买断签约、保底签约、分成签约三种。

六、激励创作的举措

杭州趣阅信息科技有限公司旗下三个文学网站在作者激励和作者维护

方面有较多举措，包括每月创作全勤奖，不定期举办高奖金的征文大赛，定期举办线上线下的沙龙活动帮助作者交流，重要节日准备文创礼品加强作者情感联系，自制宣传杂志帮助作者宣传，定期评选优秀作者进行奖金激励等。

七、内容团队建设

杭州趣阅信息科技有限公司旗下三个文学网站采用相同的团队架构模式。目前公司共有30余人的编辑团队，岗位设置为总编、副总编、责编、精修、审核等，每年初进行KPI设定，全年进行多次定期考核，多次进行编辑培训，有助于更好地提升专业知识和沟通能力。

◼ 铁血网 ◼

一、旗下网站介绍

铁血网主要由铁血网主站（www.tiexue.net）、铁血读书（book.tiexue.net）、铁血老兵公益（www.laobing.cn）组成。

铁血网创立于2001年，2004年北京铁血科技股份公司成立，现拥有员工已超400人，是国家高新技术企业，2015年11月挂牌新三板（证券代码：833658）。自挂牌以来，公司先后接受了东方富海、经纬中国、光线传媒、人民网等多家机构投资。

铁血读书2001年诞生，是中国原创军文的摇篮，目前拥有1万余部驻站作品。铁血读书已出版实体书《热血军魂》《夜色》《兵王》《狙击手》等70余部，更有肖锚、半杯馊茶等诸多明星级作者驻站。

二、运营模式

网站通过PC端、APP、公众号等形式直接服务于读者，或通过第三方、手机APP、新媒体等渠道进行分销，为更广大的读者群体提供优质内容的选择。

建站以来，网站连载作品《风筝》《特战先驱》《活着》《代号叫麻雀》《渗透》《二炮手》等都改编成了电视剧，取得了不俗的成绩，拥有较高的影响力。其中，《特战先驱》是电视剧《雪豹》原著，《活着》是电视剧

《太行英雄传》原著。截至目前，网站影视剧改编作品达70余部，有声作品150余部。

三、内容领域

铁血读书聚焦于军事、历史、现实题材分类，同时跟进玄幻仙侠、都市、奇幻、科幻等题材分类，以长篇小说为主，字数基本都在100万字以上，故事内容多为热血报国类或现实生活类，有积极向上的正确价值观导向。为鼓励作者创作，网站设置了点击榜、更新榜、V（上架收费）书更新榜、编辑推荐等方式来展示更多作品。

四、重要作家和代表作品

（一）重要作家和代表作品

铁血读书自创办以来，走出了高岩（电影《战狼》编剧之一）、野狼獾（电影《空天猎》编剧）、肖锚（电视剧《风筝》编剧）、风卷红旗（代表作《永不解密》）等出色的作者。

（二）国家级荣誉

书名	笔名	奖项
《大漠航天人》	戈壁绿影	2019年全国网络文学优秀作品
《漕运天下》	沙场点兵	2018年优秀网络文学原创作品
《一寸山河》	作家李珂	2016年中国网络小说排行榜年榜第三名
《大荒洼》	英霆	入选2016年优秀网络文学原创作品推介名单

五、签约机制

网站签约作者的具体形式为保底、买断、全勤分成、分成四种，为已经有成绩作品的作者可以提供保底稿费或者按照千字固定价格的方式，为作者创作提供一定的保障；为坚持写作具有潜力的作者提供"全勤＋分成"的签约形式，作者完成网站设置的基本连载任务后，即可获得全勤奖励，在小说开始盈利以后，还会获得分成收入。

六、激励创作的举措

铁血读书为激励作者创作，鼓励新作者加入，举办过"天道酬勤"活动，只要能获得签约的作品，每月完成一定字数的更新，就可以申请获得一笔激励稿费。同时，编辑会耐心辅导作者，为作者的创作和内容方向提供服务。商务运营人员也会积极地为作者作品版权进行推优，让更多的作品获得版权孵化的机会，让作者更加投入创作。

七、内容团队建设

铁血读书内容团队分为责任编辑与安全审核人员，责任编辑负责挖掘作者、培养作者、签约、跟读作品、推荐作品等；安全审核人员则为作者安全创作保驾护航，及时反馈给责任编辑，再由责任编辑与作者沟通，使网站作品始终保持高质量、不低俗，培养作者的安全写作意识，为市场培养更多的优质作者，为读者提供更多的选择可能。

一、旗下网站介绍

北京金影科技有限公司成立于2014年，创始人、董事长侯小强。公司专注于移动互联网和创新文化产业，发掘、培育阅读、影视、游戏、动漫、出版、有声等全领域的优质IP，在原盛大文学首席执行官、国内知名版权运营人、原中国版权协会副理事长侯小强的带领下，成立了IP孵化与运营交易平台——金影科技版权交易示范平台。2020年，金影科技获得由北京市文旅局、市广播电视局、市文资办主办的"北京市文化新企"称号。

金影科技版权交易示范平台以"精品网络文学成就优质IP"为核心，搭建具有示范引领作用的IP内容生产运营平台和IP资产管理平台。致力于全面链接中国文化娱乐产业里的内容、人才、资源与资本，重建中国文化娱乐产业线上线下生态体系，让版权需求方能更快地将已经生产出来的内容安全、快速地发行变现，另外一方面也大大增加了业内超级IP流转与孵化的效率，让适配的作品与影视方快速连接，为全行业影视人打造了一个购买优质IP的最高效渠道，全面高效地为中国文化娱乐产业迅猛发展提供服务。

金影科技创立了火星小说（www.hotread.com）、火星女频（www.iceread.com）两个网络文学阅读平台，是金影科技版权交易平台最为重要的原创内容组成部分，致力于"打造百部国民级IP，做中国的漫威"，经过多年发展，现已成为中国新锐版权孵化打造平台，至今已获得SIG（海纳亚洲）、云峰基金、小米、复星联合投资。

（一）火星女频

火星女频全力打造超新鲜的女性小说阅读平台，是金影科技最为重要的原创影视IP内容孵化版块，用户以"95后"女性为主。主创团队在优质版权孵化和打造方面拥有独有的经验和方法，于2017年提出"核IP计划"，推出版权爆款模型，即"爆款＝主流情绪＋超级人设＋经典叙事"。利用这个爆款版权打造逻辑，曾创造出"三天出版一本书，七天销售一个影视版权"的火星速度。

火星女频现有作者1000余人，签约包括茅盾文学新人奖·网络文学新人奖获得者藤萍、第九届茅盾文学奖入围作品《战起1938》作者疯丢子、电视剧《遇见王沥川》原著《沥川往事》作者施定柔、电视剧《清平乐》原著作者米兰Lady、网剧《宸汐缘》原著作者胡说、《夏有乔木雅望天堂》作者籽月以及现实题材作家姚璎、奇幻小说代表作家葡萄、人气言情作家7号同学、实力派作家随宇而安、仙侠代表作家丽端等200余位业内知名编剧、网络文学作家。

近年来，火星女频IP作品转化喜人，已有多部作品实现影视化，现列举如下：

陈果原著《婆婆的镯子很值钱》改编电视剧《婆婆的镯子》由湖南卫视等出品，李昂执导，蓝盈莹、牛骏峰、邬君梅领衔主演，于2021年8月30日起在湖南卫视播出，并在芒果TV同步播出。

坤华原著《女王大人别太萌》改编网剧《我的女主别太萌》于2021年7月23日起在腾讯视频独家播出。麦田监制、执导，赖美云、吴俊余领衔主演。该剧上映后，获"创新榜"2021年度全国广播影视业最受观众青睐电视剧并入围2021年第三届"云＋"年度分账剧和高黏性分账剧榜单。

立誓成妖原著《抱住锦鲤相公》改编同名网剧由马艺恒执导，阚清子、范世錡领衔主演。

施定柔原著《你给我的喜欢》改编同名网剧由丁英洲执导，王玉雯、王子奇等主演，于2023年4月24日起在腾讯视频播出。

随宇而安原著《曾风流》改编网剧《灼灼风流》由温德光执导，景甜、冯绍峰领衔主演。

藤萍原著《吉祥纹莲花楼》改编网剧《莲花楼》由郭虎、任海涛执导，成毅、曾舜晞、肖顺尧等领衔主演。

（二）火星小说

最懂年轻人的小说APP，被千万读者热追，通过技术与内容的提升，致力于让读者获得更舒适更新鲜的阅读体验。平台主打悬疑、灵异等小说，并涵盖玄幻、奇幻、仙侠、武侠、科幻、游戏、同人等内容，活跃用户将近千万。

火星小说现有作者2000余人，签约包括编剧、作家王小枪（代表作《县委大院》），悬疑大神道门老九，虐心类悬疑灵异顶级作家盗门九当家，悬疑有声书扛鼎大神风尘散人，知名灵异畅销书作家苏皖、吴半仙，"佛牌流"悬疑灵异小说开山鼻祖鬼店主田七，百度贴吧悬疑灵异至尊李诣凡，天涯十大作家之一羊行中，麻衣派悬疑教主御风楼主人等数十位大神级作者。

二、发展历程

（一）2016—2018年

2016年，火星小说网络文学阅读平台成立。

2017年，藤萍《未亡日》获北大网络文学研究论坛女频榜榜首；火星小说首届IP大会召开，版权交易额超2000万元；金影科技被认定为国家级高新技术企业。

2018年，藤萍跻身中国作家富豪榜前10，白姬绾位列第14；火星小说、诸神联盟影业有32部IP荣登上海国际电影电视节IP百强榜；第二届火星小说IP大会推出80余部"核IP"；火星小说拆分为火星小说与火星女频；火星小说签约作品《猎罪者》在喜马拉雅FM播放量接近4个亿，位列付费榜第一；火星小说启动漫画开发，其中《都市修炼狂潮》等腾讯动漫评级S。

（二）2019—2021年

2019年，火星小说、火星女频有20部作品荣登上海国际电影电视节IP百强榜，其中有6部作品进入30强；金影科技版权交易示范项目作为唯一一个版权交易示范项目成功入选国家广电总局发布的2019年国家广播电视和网络视听产业发展项目库。

2020年，金影科技被中国新闻出版研究院认定为数字内容正版化倡议单位，同时作为唯一一家科技文化企业入选北京市知识产权运营办公室/试点单位；火星小说启动"火星漫世界"项目，上线15部作品，全球发行，其中《不许拒绝我》《飞行星球》《盛宠之锦绣征途》等全网人气超20亿，平均收藏近百万，在海外漫画平台Tapas、Mangatoon等位列付费榜前10。

2021年，《婆婆的镯子很值钱》《冥海禁地》《女王大人别太萌》改编影视剧成功上映；火星女频签约作品《情暖三坊七巷》获得第五届中国政府出版奖提名奖及首届中国年度IP评选金奖，入选优秀现实题材和历史题材网络文学出版工程及年度网络小说影响力榜；藤萍获第四届茅盾文学新人奖·网络文学新人奖，携爱再漂流获第四届茅盾文学新人奖·网络文学新人奖提名奖；火星女频举办首届"火星杯"故事创作大赛。

（三）2022年

疯丢子《小心说话》荣获首届"火星杯"故事创作大赛总冠军。

清扬婉兮获第五届陕西青年文学奖。

藤萍《未亡日》、功夫包子《过桥米线》、皎皎《赠你一夜星空》、殷寻《一门之隔》、上官乱《摇滚少年和他的侦探姐姐》、柏夏《蒲桃》、葡萄《青莲记事》、昀泽野《你迟早都是我的》等20余部作品与海外达成出版合作。

由火星小说出品、改编自漫画《没有道侣就会死》的动态漫画《修仙辅助器》独家上线腾讯视频，上线一周进入榜单前20。

姚璎《野马屿的星海》、顾七兮《你与时光皆璀璨》、忍冬《太阳部落》、苏一姗《光影下的热爱》、时音《嗨，我的环保大叔》、梓涵《许你万里星海》、白槿湖《南国小春时》等7部作品入选中国作家协会网络文学中心"喜迎二十大"优秀网络文学作品展示。

《情暖三坊七巷》《你与时光皆璀璨》入选学习强国"礼赞新时代　奋进新征程"优秀网络文艺作品展示。

米兰Lady《弥楼芳时》在首届中国年度IP评选中获潜力新声奖。

首届北京文化产业投融资论坛暨CEIS2023"金河豚"荣誉推选获奖名单公布，火星女频凭借多年的版权交易成绩，荣膺行业"年度影响力网络文学平台"。

三、重要作家和代表作品

（一）火星小说、火星女频版权交易成果卓著

经过几年时间的发展，在国家新闻出版署、原国家新闻出版广电总局、北京市新闻出版局、北京广播电视管理局等主管部门的支持和帮助下，火星小说、火星女频版权交易规模不断扩大，并卓有成效。具体情况如下：

输出图书版权近百部，合作包括长江文艺、百花洲、大鱼文化等40多家出版机构。

输出有声版权及广播剧千余部，成立火星有声厂牌，打造爆款广播剧《猎罪者》《SCI谜案集》《一代天师》等，成为喜马拉雅FM、QQ音乐、蜻蜓FM、猫耳FM、懒人听书FM等有声平台的主要有声小说内容供应商。

输出动漫、游戏等衍生版权百余部，成立火星动漫厂牌。在输出版权的同时，改编、原创30余部漫画作品，并推出"火星漫世界"计划，不仅发行国内腾讯动漫、腾讯视频、快看漫画等一线漫画平台，还向海外输出《公主殿下满级回归》《都市至尊》《不许拒绝我》《都市之修真归来》《混沌丹神》《盛宠之锦绣征途》等30余部漫画及动态漫画作品。海外发行方包括韩国的Kakao、Naver、Daum，日本的Comico、Picomma，俄罗斯的Starfox，英语圈的Tapas、Webcomics、Pocket Comics、Mangatoon等在内的十几国数十家漫画平台。以北美、日韩、东南亚为核心，计划合作全球30多个平台，覆盖6类语种，触达全球超10亿人次。

作为能将IP影响力发挥最大化的影视IP版权交易，也是火星版权交易项目里最为核心的一环，秉持着"持优质版权，与一流团队合作，打造超级爆款"的理念，与爱奇艺、优酷、腾讯视频等视频平台和一线卫视保持良好合作关系，与侯鸿亮、白一骢、沈严、管虎、陈思诚、曹盾、郭靖宇、姚晓峰等中国一线导演、制片人达成深度合作。截至2022年底，输出影视版权百余部，平台作品改编的电视剧、网剧均取得了良好的社会效益及经济效益。

（二）多部作品获省部级奖项

经过多年发展，火星小说、火星女频孵化的作品获国家新闻出版署、中宣部、北京市新闻出版局、中国作家协会等国家、省市各类奖项百余个。

其中，姚璎《情暖三坊七巷》除前文提及奖项外，还入围了中国作家协会2020年度网络小说十大影响力作品及第四届中国"网络文学＋"大会优秀网络文学作品 TOP 20 等。该作品也已与芒果 TV 合作，即将登上荧屏。

除前文提及获奖作品外，其他重要获奖作品列举如下：

《吉祥纹莲花楼》（典藏版）荣登小说阅读榜周榜，首次入榜就获豆瓣评分第一，同时也是华语原创小说榜最受欢迎古言奖榜首作品。

《致平凡美丽的你》获第四届中国"网络文学＋"大会网络文学优秀 IP 奖，入选中国数字阅读云上大会"鹤鸣杯"2020年度 IP 潜力价值榜，并与《候鸟消防员》同时入选"讲好红色故事　庆祝建党百年"——首届红色题材网络小说征文大赛抗灾抗疫类优秀作品名单。

《致我们勇敢的年华》《晚妮》《你与时光皆璀璨》《儿孙绕心》《野马屿的星海》《穿越星河热爱你》分获2019年、2020年、2021年、2022年中国作家协会重点作品扶持。

《赠你一夜星空》入选北京市新闻出版局2019年推荐优秀网络文学原创作品。

《未亡日》荣登2018年中国作家协会年榜，入围第四届橙瓜网络文学奖百强作品、2018年上海国际电影电视节 IP 推荐30强、第九届华语"星云奖"长篇小说类资格名单、金鲛奖2017年度十大 IP，获得北京大学网络文学研究论坛女频榜第一名。

《古蜀国密码》获得首届"金熊猫"网络文学奖金奖，入选2017年四川省网络小说十大影响力作品、第三届橙瓜网络文学奖百强作品、2017年中国网络小说排行榜及第二届超级 IP 潜力榜，是上海国际电影电视节 IP 百强榜前三作品。

《人行世界》入围华语原创小说榜最受欢迎科幻作品。

（三）火星小说版权转化全面开花

《冥海禁地》改编同名网络电影由万年索斯、映美传媒、每日视界、座头鲸传媒出品，由刘雨星、乔乐执导，黄曦彦、黄子琪等人主演，于2021年10月上线爱奇艺。

与喜马拉雅 FM 第一主播有声的紫襟合作改编《猎罪者》《行走阴阳》，均于2018年上线。其中《猎罪者》播放量超30亿，更新期间位列全站年度畅销榜第一。

《阴间商人》《混沌丹神》改编有声剧于2021年上线喜马拉雅FM。

根据《盛宠之锦绣征途》《反派魔女自救计划》《重生之嫡女不善》等改编的同名漫画全球连载于2020年上线，全球人气超10亿，平均收藏近百万。在海外漫画平台Tapas、Mangatoon等位列付费榜前10。

▸ 不可能的世界 ◂

一、网站介绍

不可能的世界（www.8kana.com）是一个集文学创作、漫画内容、社交、论坛于一体的二次元原创内容平台。目标锁定青少年群体，小说类型以二次元为主打内容，风格清新亮丽，契合 ACG 二次元文化新领域。网站一直以年轻化、创意化、正能量化的核心定位为原则，充分激励新一代年轻人的想象力和创造力，从而挖掘出新一代具有价值并且符合社会主义核心价值观的文学作品。

二、发展历程

2016 年，不可能的世界建站。

2021 年，被北京不可能科技有限公司（原掌阅影业）收购，后因业务调整，文学业务收缩交割。

2022 年 7 月开始，重新启动文学业务，从零开始主攻 IP 精品作品签约。

三、运营模式

目前网站运营是以 IP 为主，付费订阅的模式，主要依靠小说 IP 版权销售。

2016年至2021年，授出有声版权302部，影视31部，动画28部，漫画54部，游戏30部。改编成绩表现优异的有《少年歌行》《暗河传》《少年白马醉春风》《书灵记》《时光与你都很甜》《宅妖记》《皇家密探》《我在六扇门的日子》等。

2022年，新不可能文学（wenxue.bkneng.com）重新上线后，暂无IP转化。

四、内容领域

网站重新上线后，截至2022年底共签约42部精品作品，主要内容领域在幻想（包含武侠、玄幻）和都市（包含现实、言情）类，其中幻想类28部，都市类14部。

题材方面，大体分类有都市、玄幻、科幻、历史、武侠、仙侠、现言、古言等。

主要榜单有五个，分别是月票榜、阅读榜、畅销榜、新书榜以及完本榜。

五、重要作家和代表作品

周木楠：《少年歌行》《少年白马醉春风》《君有云》《暗河传》。

善水：《书灵记》《宅妖记》《四无道长》。

刘阿八：《力拔山河兮子唐》《装妖作怪》。

安小野：《我在皇城司的日子》《我在六扇门的日子》。

六、作者签约

目前网站分为保底签约和分成签约两种主要模式。

保底签约：质量足够且符合本站发展方向的作品享受保底千字价格。

分成签约：享受版权和电子分成及平台福利。

七、激励创作的举措

网站激励创作的举措主要有：第一，为作者设立全勤、签约奖等创作扶持保障。第二，为特殊小众题材提供额外补助奖励，比如现实题材和非遗文化题材。

八、内容团队建设

目前站内团队都是由从业多年、有经验的老牌网文编辑组成，主要躬耕的内容方向也是偏网文里比较有特色、有记忆点的内容，专注做精品化网文，与传统新媒体网文网站有一定区别，致力于打造独特的、有特点的精品化网文网站。

一、网站介绍

看书网（www.kanshu.com）创立于2004年，是国内著名的原创小说网站，集创作、阅读、无线增值服务、实体出版为一体，是全国及全球华人最受推崇的原创文学知名品牌之一。

看书网作为西部地区最大的原创文学网站，2010年4月受四川省新闻出版局的邀请参加了第20届书博会。

2011年1月获得全球知名投资机构红杉资本2700万元人民币的投资。

2011年6月与国内女性阅读第一品牌"悦读纪"注册成立合资公司。

截至2020年，看书网是数字阅读出版领域的领导者，位列国内前十，作为西部最大的原创文学网站，业务包括互联网阅读和无线阅读。在多家第三方阅读平台收入规模排名第一。

二、运营模式

在出版质量方面，公司一直以"生产精品"为宗旨，在业界有着良好的口碑。按照新时代的新要求，公司也积极鼓励广大网络作家创作现实题材、历史名人题材等社会性题材作品，鼓励其将各地人文文化、民族文化融入作品之中，引导网络作家在作品之中注入时代内涵和正能量精神，提升作品的文化内核和文学价值。同时，公司一直注重对作品的"再编辑"，即对已经成型的作品进行运营上的优化，包括编辑、删减、修改作品的小标题及部分存在表述问题的内容，以呈现出一部"精品"到广大读者面前。

在传播能力方面，公司拥有完整的传播平台，包括web、APP、微信书城，且功能齐备，拥有多样的细分领域的排行榜，以及可完全掌控和引导的评论区。还有更强大的第三方合作渠道，目前公司与市场上主流的阅读平台如咪咕阅读、掌阅、360小说、百度文学、爱奇艺文学等都是深入且长期的合作伙伴。

在内容创新方面，看书网是一个不限题材的开放性创作和阅读性质的综合平台，涵盖几乎所有的创作题材。随着阅读的普及化，同质内容的恶化，套路化作品已不得人心。鼓励创新，大力创新，是好作品赢得更好传播的最有效方法。因此在这方面，公司也不遗余力地对创新作品和创新内容给予高度支持甚至扶持。

在制度建设方面，公司拥有完整的编审制度和应急处理机制，采用的是机器加人工至少四道审核流程，以确保内容的干净绿色。同时还建设有完整齐备的作品管理系统、评论管理系统、质量把控机制，对作品和内容都可以做到完全掌控，加上快速的反应能力，确保内容万无一失。

在人才队伍建设和管理方面，重视人才队伍的建设，每年都会组织员工进行各种职业技能、编辑技能的培训。公司属于人民网的关联企业，直接使用的是人民网的财务制度和管理制度，不定期还会开展党建和思想政治工作的培训。

在社会和文化影响方面，公司每年积极进行各种申报，目前已有两部作品获得省级扶持。公司也积极发展海外业务，努力将自有优秀作品翻译成英文、韩文、日文，或者改编为漫画登录日韩漫画平台进行传播。目前实现版权输出的作品约有10部。

三、内容领域

存量签约作者52位，总签约作者2018位，存量签约作品16518本。

题材分为玄幻、都市言情、网游、历史军事、侦探推理、武侠修真等几大类。

榜单包括新书榜、畅销榜、点击榜、推荐榜。

重点IP包括《战神医婿》《极品兵王》《凤唳九天》《特种战神》《美女图》《命里春秋》《极品戒指》《霸仙绝杀》《贴身保安》《绝世修真》《至尊教父》《三千光明甲》《官场计中计》《贴身妖孽》《美女老总爱上我》《超级保安》《昆仑》《赌球者》《黑道悲情2》《造化玉碟》《绝品透视》《吞天战神》《极品兵王》《功夫神医》《倾世医妃千千岁》《混沌天体》《九色元婴》《我的极品总裁老婆》等。

四、重要作家和代表作品

齐成琨：移动和阅读女频十二星座大神之一，入选鲁迅文学院的网络女频顶级名家，著有多部畅销作品。代表作有《极品辣妈好v5》《豪门弃妇的春天》《冰山首席》《枕上替嫁新娘》等。

未苍：大神级作家，原笔名浪漫烟灰，两个笔名均为移动认证顶级都市作家，多部作品简繁体大卖。代表作《超级宝典》。

骑着蜗牛去旅行：玄幻一流作家，著有多部玄幻畅销作品。代表作《混沌天体》在各个正版渠道的点击量总计超过1.2亿次，在移动畅销榜月榜上最高达到第二位，百度贴吧用户超过5000人，百度指数最高达到7万，长期位居玄幻小说搜索前列，成功授出网游版权。

刘阿八：职场流顶级作家，中国作家协会会员，鲁迅文学院培训班班长。擅长描写职场爱情，在陌陌、贴吧、微信、QQ等平台拥有铁杆粉丝群体超过200万人。代表作《情陷美女老板》。

五、签约机制

凡符合国家法律法规，由作者本人创作的作品，均可授权本站发表或转载，并将被视为本站的作家。

凡授权本站发表或转载的作品，根据作品授权的不同级别，其版权归作者所有或作者与看书网共同享有。本站对经授权的作品享有在网络上刊登、转载、排版、宣传等权利。

本站一经核实作者作品属于非原创作品，将根据《非原创作品看书网处理规定》进行处理。此类作品所产生的一切后果责任由投稿人自负。

本站拒绝一切诸如反动、淫秽之类违反国家法律法规的作品，对于那些有悖社会道德伦理、政治色彩强烈的作品，本站不予发表。

本站谢绝任何不符合看书网盗版文学发展方向的作品。

本站不建议作者在未获得稳定稿酬收入之前，进行休学写作、辞职写作或进行其他可能影响到正常家庭、学习、工作生活的写作行为。

在未征得原作者或本站同意的情况下，不得转载本站作品内容，违者自负法律责任。如欲转载本站发表之原创作品，必须与作者或与本站联系，并且在转载时保留本站信息。

六、激励创作的举措

（一）新星扶持计划

新星全勤约：邮箱投稿或驻站发书满1万字，即可申请签约，如签约成功，月更15万字，每月最低可获稿费800元，全勤结算从作品发布之日开始计算。

收入组成：作品享受网站半年奖、榜单福利、打赏福利、完本福利、作者引荐奖、新书续签奖、版权衍生、自有渠道销售、三方渠道销售收入分成以及节日礼包等。作者丢失全勤，不影响作品分成销售收入。

保障金机制：针对新星扶持计划作品，连续更新4个月满足全勤约作品，如每月稿费总收入低于1500元，可通过编辑申请最低每月1500元的保障金福利，每部作品可连续申请4次。

（二）明星打造计划

精品全勤约：邮箱投稿或驻站发书满1万字，即可申请签约，如签约成功，最低可获8元每千字的全勤稿费，全勤结算从作品发布之日开始计算。

买断约：邮箱投稿或驻站发书满1万字，即可申请签约，如签约成功，最低可获20元每千字的买断稿费，买断结算从作品发布之日开始计算。

全勤作品享受半年奖、榜单福利、打赏福利、完本福利、新书续签奖、作者引荐奖、版权衍生、自有渠道销售、三方渠道销售收入分成以及节日礼包等。买断作品享受榜单福利、打赏福利、完本福利、新书续签奖、作者引荐奖以及节日礼包等。

（三）大神合作计划

1.名家定制福利

专属作者定制logo，网站所有渠道重点推荐位扶持，鲁迅文学院、作家协会名额优先推荐，开书全站专题推荐，名家访谈。

名家作者全勤约分成比例比普通全勤至少高10%，最高分成比例可达80%。

名家作品拥有漫画、有声开发，作家培训等优先推荐权。

2.名家贴心服务

名家约第一本书成绩不理想后完结开新书，新书前50万字自动延续上本书签约价格，根据50万字三轮大推荐成绩确定本书最终签约价格。如连续三本书成绩不达标，将在第四本暂时失去名家约资格，在后续创作中依然保留名家约优先申请权。

3.怎么成为名家？

名家约作者将深度绑定笔名合作5年，外站作者带过往成绩和新书参加评估，站内作者编辑根据过往成绩主动邀约。

4.半年奖励

作品每半年度除正常享有自平台销售收入分成比例之外，普通分成作品额外发放10%，名家分成作品额外发放15%的销售收入福利奖励金（自有平台每月日销售大于1000元的书籍超50本）。

七、内容团队建设

网站对编辑队伍进行了精简优化，目前共有17人，年龄在23岁到43岁之间，学历普遍大学专科以上。

■ 点众文学网 ■

一、网站介绍

北京点众科技股份有限公司（www.dianzhongkeji.com）于2011年9月成立。2017年3月，松鼠阅读网正式上线，开始作者培育和原创作品开发工作，2021年10月更名为点众文学网（www.ssread.cn）。截至2022年底，网站签约作家5万人，公司累计注册用户4亿，月活用户1亿。

二、运营模式

点众文学在为作者打造优质创作环境的同时，携手多家有声、影视、视频平台，实现创作、孵化等衍生开发一体化，实现内容生态的良性发展。

（一）付费阅读

付费阅读是点众核心业务模式，我们专注挖掘、开发精品文学内容，先后打造出《天王殿》《虎婿》《幸孕宠妻，战爷晚安》等头部爆款内容。通过"书找人"的内容传播模式，实现了平台多部作品单本收入破千万元，数十位作者分成收入破百万元，将作品的版权价值发挥到了极致。

（二）免费阅读

网站同时通过广告收益为用户提供海量的免费作品。

（三）版权运营

网站与国内外300余家内容厂商紧密合作，积极引进国内优质版权内容，同时对爆款作品进行动漫、有声、影视剧等方面的创作。

（四）海外市场

我们在海外上线 Webfic APP，积极助力中华文化走出去，目前已覆盖北美、东南亚、欧洲等全球160多个国家和地区，上线英语、西班牙语、印度尼西亚语等十余种语言的优秀文学作品2000余部，海外注册用户超过1500万人。

三、内容领域

网站拥有各类图书版权25万册，包括人文社科、历史军事、人物传记等传统出版内容，以及现实题材、玄幻、种田、悬疑、都市、科幻等海量网络出版内容。

网站及移动端设有出版、现实题材、男频、女频、古言、现言、二次元、都市、科幻、新书、爆款等多种榜单体系，运营团队根据用户数、收藏量、点击量、付费情况等十余种标签评定作品热度。

四、重要作家和代表作品

（一）现实题材类

陆婉琪《樱花依旧开》：讲述了武汉市桃源小区的居民在疫情期间不顾自身安危，挺身而出，争当志愿者，互帮互助，共同渡过难关的故事。通过他们最美的"逆行"举动，桃源小区实现了成为武汉市第一批无疫情小区的目标，谱写了社会主义大家庭中一支感人的抗疫战歌。

作品入选2020年优秀现实题材和历史题材网络文学出版工程，获评2020年十佳数字阅读作品，2021年入选"红旗颂——庆祝建党百年·百家网站·百部精品"作品名单。

梁希昊《老战士》：讲述了一支由退役老战士组成的志愿者扶贫队，数年如一日地协助当地政府，帮助落后贫困的东升村逐步脱贫致富、实现共同富裕的故事。通过对退伍军人参与乡村扶贫工作这一感人事迹的描写，向社会传递正能量，讴歌新时代优秀党员、可爱军人的光荣事迹，诠释为人民服务的崇高精神。

该作品2022年入选"礼赞新时代　奋进新征程"优秀网络文艺作品名单（在学习强国APP做专题展示），是中国作家协会2021年网络文学重点作品扶持项目和北京文化发展中心北京宣传文化引导基金优秀网络出版项目。

滕国宁《铁路繁星》：以两个参与"一带一路"中国高铁走出去建设的年轻人的视角讲述中国铁路百年发展史，反映一代代铁路人在中国共产党领导下波澜壮阔的铁路建设历程，彰显中国共产党为人民谋幸福、为民族谋复兴的不渝初心和使命，以及构建人类命运共同体的大国担当。

该作品是中国作家协会2021年网络文学重点作品扶持项目及北京文化发展中心北京宣传文化引导基金优秀网络出版项目，入选2022年数字阅读推荐作品名单。

陆婉琪《富起来吧，神农架》：神农架木鱼镇选调生楚梦瑶即将通过试用期转正之际，却因病无法继续从事她所热爱的这份事业，在离开木鱼镇的途中，领导和朋友们纷纷前来送行，感动之余也不得不让她回忆起过去在木鱼镇工作和生活的点点滴滴，并共同见证党和政府在扶贫振兴乡村经济、发展文化建设和促进旅游消费中发挥的巨大作用，也是始终坚持奋斗在扶贫共富一线的工作者的真实写照。

该作品是2022年中国作家协会重点作品扶持项目。

王娟《琉璃朝天女》：再现琉璃世家的兴衰及奋斗，是2022年中国作家协会重点作品扶持项目。

王宇飞《决战正阳门》：展现心怀侠义的明朝古都人物，是2022年北京宣传文化引导基金优秀网络出版项目。

（二）网络文学类

状元不出门《天王殿》：带领天王殿在海外打下不世基业的夏天成就一代传奇，为了实现六年前的承诺，选择在巅峰时期王者归来，发现周婉秋给自己生了一个女儿，但是母女二人在周家一直受到欺负。夏天利用自己的权势，帮助妻女改变现状，找回尊严，穷尽一切，想带着妻女走上世界之巅，看遍这世间繁华。

该作品主角扮猪吃虎，自带霸气，一环套一环的情节吸引读者不断阅读下去。文中配角性格鲜明，除了男女主角的爱情故事以及经历之外，其他每一个配角都比较丰满、立体。

风华绝代《虎婿》：主要讲述世界第一大神秘组织龙门之主当了上门女婿的故事。作品穿插了各种反转情节，增加了小说的"爽感"，把情感和打脸的爽感很好地结合在了一起。同时主线逻辑清晰，故事中的恩怨情仇非常热血。

五、签约机制

点众文学网热衷于为文学创作者提供自由创作的平台，积极发掘创作亮点，能签尽签，有买断、分成、保底分成、一键直签、驻站培养、定制约稿等多种签约机制。

六、激励创作的举措

点众激励创作的方式有很多，对新手作家及时发放稿费，并提供一定的推荐资源和编辑指导的倾斜；对有经验的作家搭建完善的作家等级、成就等级、全勤奖、保底分账等多种激励制度。

（一）作家等级

作家等级按照作者税后稿费收入累积划分，收入包括自有平台收入、第三方渠道收入、版权收入等。具体见表1：

表1

作家等级	V1	V2	V3	V4	V5	V6	V7	V8	V9
总收入（单位：万元）	0~1	1~2	2~3	3~5	5~8	8~15	15~30	30~50	>50

（二）作家成就

当月稿费收入达到相应收入时，将会获得点众文学特别作家成就，并在作家账号授予该成就的特殊标志。此成就一经达成，永久有效。具体见表2：

表2

作家等级	青铜	白银	黄金	白金	钻石	至尊
月收入 （单位:万元）	>5	>10	>20	>30	>50	>80

（三）超级全勤奖

此超级福利仅限于独家分成作者作品，及由保底买断转为独家分成的作者作品。初始全勤审核定级后，后续根据作品连载期间的字数与订阅稿费月收入可获得更高级别的成长全勤奖。

（四）成长全勤

作品签约后，满足更新字数与月收入要求，即可获得成长全勤。当月成长全勤等级由上月订阅稿费收入评定。成长全勤划分方式见表3：

表3

月收入 （单位：万元）	日更	全勤	日更	全勤
0～1	≥4000	5元/千字	≥6000	8元/千字
1～2	≥4000	12元/千字	≥6000	15元/千字
2～3	≥4000	15元/千字	≥6000	20元/千字
3～5	≥4000	25元/千字	≥6000	30元/千字
5～8	≥4000	40元/千字	≥6000	50元/千字
8～15	≥4000	55元/千字	≥6000	80元/千字
15～30	≥4000	70元/千字	≥6000	100元/千字
30～50	≥4000	100元/千字	≥6000	150元/千字
>50	≥4000	150元/千字	≥6000	200元/千字

（五）新书完结奖

新书奖：新书上架后，即可获得网站精美礼品一份。

完结奖：作品连载期间，断更不超过五次（正常请假不计算在内），完结后，将获得现金奖励，随下一本新书上架后一同发放。若三个月内没有发表新作品并上架，视为放弃该福利。完结奖分级见表4：

表4

完结字数（女频）	奖励	完结字数（男频）	奖励
>80万	1000元	>100万	1000元
>150万	2000元	>200万	2000元
>200万	3000元	>300万	3000元
>300万	5000元	>400万	5000元

戮神阁：所有达成点众文学作家成就，并与点众文学签署了笔名的作者（非签约单本书作者），会直接进入戮神阁，从达成作家成就次月开始，将会享受保底工资，直到作品完结。成就作家工资发放期间，需遵守网站规章制度。完结一月未开新文者，将停止发放此福利。保底工资见表5：

表5

作家等级	青铜	白银	黄金	白金	钻石	至尊
工资 （单位：元）	500	1000	2000	5000	6000	8000

（六）保底买断计划

作品为原创，且并无版权纠纷，符合网站需求，或在他站有较好成绩者优先。

作品通过审核后，需稳定更新，并配合编辑进行作品的包装与运营，遵守网站及合同的要求。

作品正文开头及大纲投往编辑邮箱，如有成绩，可附截图。

精品书价格每千字30元起，保底优先，转分成或提价需双方达成一致。

此外，针对二次元作者、科幻作者还有专门作者福利体系。

七、内容团队建设

点众文学网内容团队共70余人，分为签约、运营、精修等团队。总编辑费立国，著名网文历史作家，笔名：特别白，代表作《锦衣当国》《大明武夫》《顺明》等，曾在《中华遗产》杂志发布文章《他们的故宫——三大殿重生记》，另在论坛与社交媒体有多篇书评发表。2000年左右开始在论坛撰写网文书评，2006年加入起点中文网，2018年加入点众科技，是业内资深编辑和作者。

团队包含资深编辑30余人，并细分为男频、女频、科幻、二次元等种类，以"专业的内容运营＋一流渠道分发能力＋完善技术服务支撑"建构上游内容产业壁垒，实现内容价值最大化。

一、旗下网站介绍

磨铁文学（www.laikan.com）旗下涵盖磨铁中文网、墨墨言情网、锦文小说网、逸云书院四大网络文学内容品牌及移动阅读专属应用"磨铁阅读"APP。

磨铁中文网：国内领先的文学阅读与创作平台，注重原创作者的挖掘与培养工作，致力成为互联网文化行业中坚力量。秉承"打造精品，专注原创"的原则，汇聚了大批不同风格的优秀作者，包括纷舞妖姬、南无袈裟理科佛、君不贱、青石细语、墨绿青苔等。

墨墨言情网：知性女生阅读平台，打造名家名作，致力开拓新锐阅读文学市场。作为国内引领行业的女性文学品牌，为用户提供涵盖现言、古言、悬爱、幻想等题材的自由创作平台及高品质阅读服务，孵化了《有种后宫叫德妃》《囧婚》《妾心三部曲》《君子长诀》等优秀作品，在女性文学出版及影视领域具有巨大影响力。

锦文小说网：作为磨铁文学重磅推出的新生代女性阅读品牌，着力于言情、纯爱等题材优秀作品的挖掘和培养。网站创建伊始，便签约了包括十亿级超级网剧《无心法师》的作者尼罗在内的大批优质作者，立志成为集出版、动漫、影视、游戏为一体的全版权运营新锐品牌。

逸云书院：青春女生阅读品牌，集创作、阅读于一体的国内领先在线阅读网站，致力于发展女性原创文学，打造网络经典原创。站内打造出《神医嫡女》《盛世暖婚》《男神在隔壁》《这段爱情有点冷》等高人气网络经典原创，在广大年轻女性读者群体中具有较强吸引力及归属感。

二、发展历程

2010年底，磨铁集团进军数字出版领域，着手打造数字平台磨铁中文网，并于2011年8月8日正式上线运营。

2013年，磨铁中文网开始以阅读业务为基础，以IP运营为核心，深度发展网络文学内容业务。

2015年，磨铁中文网以原女性频道为基础，上线运营知性女生阅读品牌墨墨言情网及青春女生阅读品牌逸云书院。

2016年，磨铁集团获得合一集团注资，强强联合，共同打造文化娱乐生态产业链。同年成立磨铁文学，并同时发布新生代女性阅读品牌锦文小说网。

三、运营模式

磨铁文学作为中国"网络文学＋"产业融合推进者，是磨铁集团基于内容生产全产业链的重要生态布局之一。作为磨铁集团旗下网络文学平台，磨铁文学立足于对精品作品的挖掘，通过磨铁集团打造的文化娱乐产业链生态闭环，加速小说IP的孵化，实现出版、影视、游戏、动漫全产业链的联动开发，已累计授权网文版权达919种，其中有声改编授权680种、简繁体出版授权179种、影视改编授权45种、游戏改编授权6种、漫画改编授权9种。

2022年4月5日，磨铁文学IP《中国特种兵之特别有种》改编电视剧《特战荣耀》于东方卫视、浙江卫视首播，并在爱奇艺、优酷和腾讯视频同步播出。全年自有版权进行影视改编授权8部，有声书改编授权、录制100余部，跟进市场需求，进行短剧改编授权5部，其中《王妃芳龄三千岁》已于12月14日正式开机，预计2023年与观众见面。

四、内容领域

磨铁文学旗下网站涵盖长篇、短篇网络文学的签约孵化工作,签约作品累计已达15234部,活跃作者1758人,题材包括悬疑、玄幻、科幻、仙侠、奇幻、古代言情、现代言情等多个种类。在榜单设置上,除了推荐作者的人气榜、畅销榜,还设有新书榜、更新榜、推荐榜等引导读者正向阅读的榜单。

五、重要作家和代表作品

主要有纷舞妖姬《中国特种兵之特别有种》、南无袈裟理科佛《苗疆蛊事》、杨十六《神医嫡女》、阿琐《有种后宫叫德妃》、花千辞《国子监来了个女弟子》等。

《中国特种兵之特别有种》是原北京市新闻出版广电局2017年向读者推荐优秀网络文学原创作品及2018年度北京影视出版创作基金扶持项目。

不画《中华女子银行》是国家新闻出版署和中国作家协会联合推介的2018年优秀网络文学原创作品。

尼罗《双骄》是原北京市新闻出版广电局2018年向读者推荐优秀网络文学原创作品。

苏家大小姐《运河造船记》是原北京市新闻出版广电局2017年向读者推荐优秀网络文学原创作品及大运河文化主题网络文学选题重点孵化项目。

糖罐小润《许你春色满园》、绛河清浅《瓷美人》是2019年中国作家协会重点作品扶持项目。

六、签约机制

网站设有签约编辑、远程签约编辑、兼职签约编辑和网编等多个岗位,全方位接受作者投稿,并持续寻求新作者、新作品。作品签约后,编辑协助作者进行大纲撰写、人设修订，并持续跟读作品内容，及时对作品方向进行把控。

七、激励创作的举措

磨铁文学致力于发展全媒体出版事业，在原创网文渠道铺销上，经营电子书、有声书、付费课程的文字版权、制作及成品运营、销售，全面开发签约版权潜力，从多个维度对作品进行孵化。

新作者签约时，根据作品质量，提供全勤、保底等多种福利措施，并与七猫、番茄等多渠道达成合作，及时进行新作品的推荐位测试，通过市场反馈进一步优化作品质量，为小白作者成长为大神作者保驾护航。

八、内容团队建设

磨铁文学设总编辑1名，副总编辑2名，四大网络文学内容品牌下设编辑部，设置各编辑部总编1名，编辑部涵盖签约主编、签约责编、运营编辑等共35人。

一、旗下网站介绍

网易文学是网易公司聚合国内原创文学内容的重要业务，隶属网易元气事业部。平台于2011年上线，其中网易云阅读APP是国内主流的综合性阅读平台，国风中文网（guofeng.yuedu.163.com）、采薇书院（caiwei.yuedu.163.com）分别是网易云阅读的男、女频网络作者的创作网站。

二、发展历程

2011年，网易阅读上线。

2012年，更名为网易云阅读。

2013年，网易云阅读原创文学平台正式上线。

2016年，网易云阅读宣布注册用户破亿。

2017年，网易蜗牛读书APP上线；影视版权业务首次亮相上海国际电影节，提出重点发展现实主义题材作品；听书业务开展，自制品牌雁栖鸣上线。

2018年，网易蜗牛图书馆开馆。

2019年，漠兮《交换吧，运气》改编网剧《我好喜欢你》上线，言承旭、沈月主演。

2022年，现象级电视剧《与君初相识·恰似故人归》全网热播，迪丽热巴、任嘉伦主演，改编自九鹭非香作品《驭鲛记》。

三、运营模式

网易文学致力于推动原创文学的创作与分享，用心讲好故事，深耕原生IP，不断提升原创文学的品质阅读和全版权孵化运营。同时，网易文学也是业内最早提出将现实主义题材作为重点发展方向的平台，提出"具有时代印记的精品化IP"内容战略，重点发展历史现实题材和都市现实题材作品。已孵化和交易的IP内容中，现实题材占据了80%的比例。

平台签约作者3万余人，如却却、千羽之城等深耕垂直题材的作者。以《战长沙》成名的作者却却擅长抗日题材，其作品《战衡阳》《战冰城》在网易文学独家连载，传递军民同心的抗战故事；代表作为《破冰行动》的作者千羽之城擅长都市刑侦题材，网易云悦读推送其全新作品《罪相》，再塑刑侦英雄形象。同时，平台也引进了如骁骑校、蒋离子等驻站大神，进一步提升现实主义文学品牌影响力。

网站推送的正能量作品屡获嘉奖。王鹏骄《八四医院》入选中国作家协会与中宣部出版局联合举办的"庆祝新中国成立70周年"主题网络文学作品评选暨2019年优秀网络文学原创作品名单；签约作品《风从海上来》入选2019年中国作家协会少数民族重点扶持项目；骁骑校、蒋离子荣获茅盾文学新人奖·网络文学新人奖等。

平台多部优秀现实题材作品成功出版和进行影视化开发，合作影视公司囊括国内一线制作公司和平台近百家，与正午阳光、华策影业、佳平影业等建立长期现实主义题材版权合作。在影视寒冬的背景下，依然凭借优质内容以及专业的影视策划能力，实现逆势增长。与视频平台芒果TV、微视等达成战略合作。《交换吧，运气》改编剧于优酷和芒果TV两家视频平台联播，引发全国热度，泰国ViKi频道、美国YouTube平台均已上线，覆盖100多个国家，实现全球热播。《驭鲛记》改编剧由华策克顿出品，优酷全网独播，是优酷首部热度破万剧集；游戏授权天下游戏进行手游、端游开发，影游联动推动《驭鲛记》产生破圈效应。

除上线作品外，亦有一系列待播现实主义小说影改储备，如检察官题材作品《一级控告》由正午阳光开发；二胎题材《老妈有喜》由浙江佳平影业开发，剧名《时光正好》，秦海璐、保剑锋主演；关怀青少年成长的《焕羽》由西嘻影业开发。网易文学一批高质量的现实主义佳作即将影视化，拓展网络文学精品的影响力。

同时，网易文学顺应时代召唤，讲好浙江故事，持续发力现实主义题材，力推四部签约作品作为定点深入生活项目，分别是反映社区生活和居委会工作的作品《星河指引》，打造讲述瓶窑古镇传统美食老店继承问题的《人间有味》，描绘跨越十年展现新农村山乡巨变的中年爱情故事《寄与爱茶人》及讲述温州北漂带娃团关注老人与教育话题的《可爱的你》。

四、内容领域

平台一直保持综合性平台的特色，内容分为出版、男频、女频等模块，有114个分类，既包括具有知识学习性质的如人文社科、经管励志等类型内容，也有丰富的网络原创小说，能够满足各种年龄层次的读者需求。

同时，平台关注内容创新，在国内较早提出重视现实主义题材作品，为读者提供特定类别的优质作品。在当前的工作中，也倡导作者持续创作出能紧跟时代、解放思想的内容，要求作者不要片面追求点击率，而是要在写作手法和思想上能持续创新。目前，平台拥有原创内容书库数量上万本，年签约新书千余本，积累了一批优质原创内容，都市、悬疑、历史、古言等类目在市场上占有明显优势，为各个渠道的读者提供阅读精品。

网易文学平台深刻理解并重视排行榜的引导作用，在兼顾公平的基础上，排行榜由编辑进行审核，对于存在问题的作品会屏蔽上榜权限，对于刷榜作品，视情节严重程度，予以警告及封禁处理。对于优秀作品，符合价值导向的，会优先进入排行榜，展现给更多读者。

五、重要作家和代表作品

在作品签约方面，网易文学一直都秉持着三个元素、一个平衡的原则。

三个元素是优秀的文化、良好的价值观、值得书写的中国故事。一个平衡是承认市场但不盲从市场。在这样的坚持下努力为用户和市场输出鲜活又与时俱进的网络文学作品，向社会推送正能量优质内容并屡获殊荣。

酒徒《大汉光武》和更俗《大地产商》入选2017年中国作家协会重点作品扶持项目。《大汉光武》更是同时入选2017年中国作家协会重点作品名单，荣获梁羽生文学奖历史军事类图书大奖、浙江省数字出版网络试听新媒体创新大赛三等奖，及2017年新生IP的2018年第一季度排行榜历史类榜单第一。小佛《夜行者：平妖二十年》也在此排行榜中，位列悬疑类榜单第二（点击量第一）。

漠兮《交换吧，运气》入选由国家新闻出版署和中国作家协会联合发布的2017年优秀网络文学原创作品推介名单，同时被评为2017年最具阅读价值好书。

小桥老树《奋斗者：侯沧海商路笔记》入选2017年中国作家协会重点作品扶持项目及浙江省数网精品工程项目，并在2017年中国网络小说排行榜下半年榜（未完结作品）中位列第七。

蒋离子《老妈有喜》和徐公子胜治《方外：消失的八门》入选2018年中国作家协会重点作品扶持项目，后者还是金鲛奖年度十佳IP。

《老妈有喜》同时又与李枭《无缝地带》、灰熊猫《楚河汉界》入选由国家新闻出版署与中国作家协会联合发布的2018年优秀网络文学原创作品推介名单。《老妈有喜》《无缝地带》获第三届网络文学双年奖铜奖，《楚河汉界》获优秀奖。

王鹏骄《八四医院》入选由国家新闻出版署和中国作家协会联合主办的"庆祝新中国成立70周年"主题网络文学作品评选暨2019年优秀网络文学原创作品名单。

蒋离子《小伉俪》入选浙江省作家协会2019年原创作品扶持项目。

黄裳瑾瑜《种春风》获2020年浙江优秀出版物（数字出版物）提名奖。

蒋离子《星河指引》获批2022年中国作家协会定点深入生活作品扶持，并入选"喜迎二十大"优秀网络文学作品展。

黑鹭《姑苏繁华里》荣获中国作家协会"最江南"主题网络文学作品征文大赛三等奖。

六、激励创作的举措

为了给更多的读者提供更丰富的内容，也为了感谢作家的辛勤创作，网易文学秉着"为作家谋福利""助作家乐成长""携作家共开拓"的宗旨，设立五大类目奖项，正式推出全新作家福利计划。

类目一：全勤奖，奖励对象：网易文学独家签约作品。

类目二：半年奖，奖励对象：网易文学独家分成签约作品。

类目三：道具打赏，奖励对象：网易文学签约作品。

类目四：年度大奖，奖励对象：网易文学独家签约作品。

类目五：IP打造计划，奖励对象：网易文学独家签约作品。

详细鼓励机制请见zz.yuedu.163.com/welfareMale.do?type=1。

七、内容团队建设

网易文学有完善的队伍建设和人才培养机制，积极让编辑参加宣传部组织的各类培训会议及公司内部的各项培训学习，同时有多人获得编辑职业资格证书并定期接受培训，确保各岗位人员能够胜任工作，对于表现优异、进步明显的员工，予以奖励表彰。

网易文学平台有完备的、延续较久、持续优化的责任编辑制度。设立了总编辑对整体的内容导向做把关，对选题有一票否决权。同时，责任编辑制度要求编辑对自身签约作品的质量和问题负责，日常要求对内容严格把关，并以此设立针对性的编辑考核考评制度，相关问题与责任编辑的绩效直接挂钩，以确保作品不出质量问题及导向问题，同时会定期对责任编辑进行培训。不足之处在于人力资源应进一步扩充。

在作者方面，网易文学秉承以内容为核心的理念，从源头内容开始介入，为创作者制定最适合的开发方式和推广模式，深入参与到作者的创作之中，并充分尊重作者本人意愿，使作者作品得到最好的开发和传播。

在读者方面，有专门的客服团队，用心解决每一个读者的问题，对于读者的反馈、意见都做到完善处理。

网易文学有严格的版权管理制度，遵循先授权、再使用原则。建立了较为完善的版权库信息，包括版权权利范围、权利类型、权利时间等信息，在日常工作中较为便利。对于盗版等行为由专人处理，坚决打击。若自平台作品出现抄袭侵权，查实后第一时间予以下架处理。

网易文学积极响应文艺精品建设的号召，在编辑收稿审稿部分，严把正能量、温暖治愈、创新精神的创作基调，也在和创作者的沟通中拉齐青春、向阳、正能量的价值审美，为读者提供放松、治愈、愉快的阅读体验。网文是一片精神净土，是缓解现实情绪的出口，未来平台将持续努力，为用户和市场输出鲜活又与时俱进的网络文学作品。

一、网站介绍

爱读网（www.idwxw.com），原名爱读文学网，成立于2015年7月18日，是中国作家协会网络文学中心全国重点网络文学网站联席会议成员单位。现有签约作家150多人，各种类型文学作品300多部。朱克恒、童行倩、苏曼凌、吴长青、蔡白玉、云苏等签约作家获得中国作家协会网络文学创作政府扶持；另有夏三小姐、与风月无关、琢瑾烬楠、苏曼凌、蔡白玉、云苏、无心舍、瓢城皇裔等签约作家被遴选参加中国作家协会、鲁迅文学院举办的网络文学作家班培训学习。同时，苏曼凌、蔡白玉、云苏、青蕊儿、纷雨潇潇、闫增连、嫣然一笑、瓢城皇裔、蔡长兴等签约作家分别加入中国作家协会和省级作家协会。网站除与国内多家出版社、网络影视、网络有声、短视频等网络平台合作版权外，还与德国莱茵出版社、澳门南国出版公司、台湾读创、韩国Aimiso公司以及荷兰欧华新移民作家协会开展版权业务合作。目前，累计单独出版或合作出版文艺类、教育类图书20种，输出泰文版权1种、英文版权1种，转授第三方平台版权100多种。

与此同时，网站力主打造省级网络文艺教育平台，构建以数字人文和新文科为核心的职业教育和高等教育相关专业人才培养基地。网站相继与三江学院、山东理工大学文学与新闻传播学院展开深层次合作。2021年，网站专门开辟了"山理工创意写作网络空间站"栏目引擎，下设类型小说、创意文学、现实题材、应用文写作、网络文艺5个子栏目。目前已经有20多位同学参与写作，其中签约3人。

二、运营模式

网站一直将社会效益作为企业发展的核心，尤其注重作品的社会影响力以及主流价值观的引领。

由中国文艺评论家协会青年委员会、中国文艺评论家协会网络文艺委员会、中国当代文学研究会新媒体文学委员会、中国文艺理论学会网络文学研究会主办，中国文艺评论网、山东师范大学网络文学研究中心、爱读文学网等单位承办的首届网络文艺评论大赛于2016年6月3日启动。最终评选出苏勇、李盛涛等10位作者作品，获奖作品集由中国社会科学出版社出版发行。

2018年10月21日，由爱读文学网、北京青涩传媒文化有限公司联合主办的首届中国网络文学翻译作品征稿发布会暨网络文学海外传播中的北京元素研讨会在北京国家数字出版基地成功举办。10月30日，由中共北京市委宣传部、北京市新闻出版广电局、北京市互联网信息办公室、北京市文学艺术界联合会共同主办的第三届北京十月文学月闭幕暨"我们的十月"诗歌朗诵音乐会在北京宋庆龄青少年科技文化交流中心未来剧场隆重举行。爱读文学网组织的中国网络文学翻译作品征稿发布会暨网络文学走出去北京元素表达活动获得"最受欢迎的活动"殊荣。

2019年8月3日下午，在北京石景山区五里坨民俗陈列馆，来自中直机关、京津冀等地区的中国网络文学、艺术评论、军史研究、文旅融合、西山永定河文化带研究、书画漫画以及20多家媒体等社会各界人士齐聚一堂，对爱读文学网签约作者竹君创作的大型网络主旋律作品《西山红》进行研讨交流。

2019年8月10日至14日，南国书香节暨羊城书展在广州琶洲广交会展馆B区盛大开展，爱读文学网签约作家闲庭晚雪携新书《凉茶谣》亮相，与读者分享一个岭南人与凉茶之间的故事。8月22日至26日，由中共北京市委宣传部、北京市新闻出版广电局、北京市顺义区人民政府联合主办的第十六届北京国际图书博览会在中国国际展览中心（顺义新馆）举办，爱读文学网签约作者苏曼凌在雨枫书馆与现场书友分享创作心得。

2019年11月26日下午，在张家港市第16届长江文化艺术节期间，联合江苏省作家协会，举办周清创作研讨会。

2021年，在由中国作家协会网络文学中心主办的庆祝中国共产党成立100周年网络文学"百年百部"系列活动中，爱读文学网报送的《西山红》《盐城保卫战》《最后的老铳》等7部作品入列。

一批有影响力的作家集聚网站，形成了传统作家与网络作家互动、通俗文学与严肃文学互动，实现文学平台效益最大化。王大进、宣儿、苏兰朵、夏商周等知名作家纷纷携作品入驻网站。

三、重要作家和代表作品

（一）主要出版及获奖作品

2016年，签约作者陈琢瑾作品《石库门》和刘伊作品《睡城》同时获得第三届山东省网络文学大赛特别大奖。

2017年，签约作者水纤纤作品《一代女御厨》出版，刘仁前作品《香河》改编同名电影在江苏姜堰溱潼古镇开机。

2018年，签约作者苏曼凌、闲庭晚雪、落紫苏创作的"倾世大医"系列三部曲《百草媚》《凉茶谣》《香艾吟》出版，作品曾于2015年获得首届海峡两岸原创文学大赛优秀奖；蔡白玉《大明长城风云》入选北京市新闻出版局2018年推荐优秀网络文学原创作品；四毛作品《预见》获第二届海峡两岸网络原创大赛最佳影视创意奖。

2019年，苏曼凌《百草媚》泰文版出版。

2020年，签约作者吴长青作品《天下盐商》出版，蔡白玉作品《顽石》获"锡矿山故事"主题征文大赛一等奖。

2021年，签约作者纷雨潇潇（原名：肖金红）作品《朋友圈》、疆疆作品《你不该那么美》、周清作品《金鑫大酒店》出版；刘仁前作品《香河》英文版出版，由知名华裔翻译家郭安国教授领衔翻译，Evans Nicholson校对；由瓢城皇裔作品《盐城保卫战》改编的全息式剧本杀《黎明的守护者》正式落地运营。

2022年，签约作者吴长青完成反映冬奥会的扶持作品《安河桥北》的创作；青蕊儿代表作《泥魂》签约北京久幺幺科技有限公司，并作为剧本游戏年度重点传统文化作品进行开发。

（二）重点作品简介

苏曼凌《百草媚》：故事发生在南北朝南梁末建康侯景之乱时期。徐家世代中医，陶家经营百年药店，两家比邻而居。能言善辩、聪慧美丽的陶媚儿和徐天琳青梅竹马，两小无猜，两家遂定百年之好，婚嫁在即。谁料平地生波，徐陶两家被一场突如其来的变故改变了姻缘宿命。这场变故缘于一个终日与山林为伍的盗匪林子风，从此，陶媚儿一步步陷入不可逆转的浩劫之中。

无心舍《祸世少年破魔录》：从小生活在产生幻觉的痛苦中的冷安机缘巧合之下发现自己所见的一切皆为真实，原本普通平凡的学生突然面临四方杀机，其中最想要他性命的居然是自己的亲姐姐。原本以为孤独的一生不需要有人陪伴，也从来没有过希冀，却突然发现自己的身边原来已经多了这么多可靠的朋友。然而，当发现一切都是谎言与欺骗，迷茫的人生再次面临选择，要么沉默死亡，要么逆天而亡。入魔，破魔，斩妖除魔，只要能护你周全，与天下人作对又何妨？万万没想到，有一天自己也会如此"中二"。

云苏《暗门》：故事中的案件扑朔迷离，每条线索都指向十多年前滨海高速上发生的连环车祸案，证据直逼警察沙鸳伸向黑色组织的红色大洗牌。然而，在这个名叫"暗门"的黑色组织中，白起与沙鸳，忠诚与背叛，谁是黑？谁是白？谁又是内鬼？《暗门》留下了足够的悬念。

陈琢瑾《血涡·源密码》：作品具有悬疑、科幻、异能等多类型元素，并且贯穿东西方的古代与现代文明，完全打破思维与认知的固有界限，将这世上诸多看似毫无关联的元素重新孕育在一个严密的逻辑构造的世界里，在扣人心弦的情节中，依附科学与考古，从认知的更深层次最终解开那些远古传说的真相。作品是一个时空进化始终的轮回，一个从未被人揭晓的远古的秘密，一次贯穿人类文明的过去与未来的探索之旅。

竹君《西山红》：就职于旅游部门的"我"在带领记者拍摄途中不慎跌落山崖，意外得到一幅长卷，至此，开始似真似幻的穿越之旅。"我"看到太爷爷与日本人斗智斗勇，发动钢厂和煤运工人消极罢工；回忆爷爷讲述参加八路军，随同部队攻打太原城的战争。如今，"我"和父亲又共同为古街改造建设出谋划策，力排万难。过程中，引发出"我是谁""从哪来"的哲学思考命题，激发"我"寻找族谱的愿力。小说以朴实诙谐的语言向读者讲述了西山模式口地区四代人的荣辱兴衰及喜怒哀乐，拉开一幅永定河水系西山文化带时代变迁的历史画卷。读者徜徉其中，不仅可以领略大西山的灵秀磅礴，还可以体味到西山人的家国情怀。

吴长青《安河桥北》：讲述了在北京申办2022年冬奥会成功的大背景下，以华贸集团抓住发展冰雪产业的时代机遇从而走上做大做强之路为主线，透过企业高管与职场新人的不同视角，展现了周长庚、姜白楼等企业家守业创业的商场风云，以及刘佳唯、卓小磊等年轻人从萌新成长为公司中流砥柱的历程。

若按网络文学的类型划分，《安河桥北》可算是一部商场小说，但作者在形象塑造、情节设置、典型环境与典型事件描绘等方面尝试将商场元素与冬奥元素有机融合，以别具匠心的构思进行了一场对冬奥会题材网络小说写作的有益探索。

王永利《扬眉出剑》：作品以波澜起伏、惊险刺激、震撼人心的故事，全方位立体化地展示1949年北平和平解放时期到新中国成立初期波澜壮阔的政治、经济和社会生活，也是一部讲述"中国的福尔摩斯"的故事，反映了赵万刚从初出茅庐到历练为优秀公安干警的奋斗历程。

该作品视角宏阔，像镜鉴，真实展现了北平人民的生活故事和对建立新中国的渴望。以反映人民公安干警筚路蓝缕、披荆斩棘，破获一系列敌特破坏的大案、要案为主线，多角度展示敌我双方卧底的较量，多角度描写公安干警赵万刚的爱情故事。

同时，作品格局宏大，主线副线交织，人物丰满，主题深刻，立意高远，史诗般呈现人民警察铁血担当的忠诚本色和时代风采，呈现地道的京派京味，语言生动、文笔隽永，引人入胜。

（三）山东理工大学"创意写作网络空间站"作品概况

2022年，山理工"创意写作网络空间站"共发表作品47篇（部）。其中类型小说18部（篇），创意文学11篇，现实题材4篇，应用文写作4篇，网络文艺10篇。

代表性作品有半糖有点苦的中篇悬疑小说《下一次花开》，以及越越的《美丽新世界》和睡个好觉的《修远集》两部随笔集。总体上看，2022年的创作基本集中在小说和散文方面，其中有一人尝试剧本杀剧本写作。

《下一次花开》主要讲述许晴空和警察吴启星合作，追踪女友秦观楠的真正死因。秦观楠的另外两任男友张雨来、井长明都有作案嫌疑。在追踪过程中，许晴空又联手张雨来，经过抽丝剥茧，不仅追踪到井长明，同时还牵涉吴启星的上司李明达。李明达作为井长明同父异母的弟弟，设计了圈套，将井长明置身事外，利用许晴空的调查，将杀人嫌疑引到张雨来身上。

　　整个故事采用一条主线、三个小故事的圈套型结构，虽然故事设计比较稚嫩，但结构设计具有类型小说的特征。语言叙述上呈现出一定的个性化。当然，由于人物前置背景的限制，故事的延展受到一定制约。

　　《美丽新世界》共收录13篇散文和随笔。《新世界》以穿越的方式将《社戏》中的画面进行场景的二度演绎，让旧社会中的闰土穿到当下，完成了一桩少年时代未能实现的愿望。当然，与网文的"穿前"相反，"穿后"有着一定的风险。"穿前"改变的仅仅是历史的连续性，而"穿后"则改变了经典的规范性。这还是需要极为慎重的。

　　《柳儿》虚构了两位青年男女的爱情故事，其中悲剧人物柳儿姑娘因为男友回城，最终独自带着遗腹子在村庄过着人人鄙夷的生活。悲上加悲的是，柳儿的女儿降生之后不久，就因为生病而夭折。令读者眼睛一亮的是，故事还穿插了一个叫阿梅的女性，她谎称是柳儿的情敌，威胁柳儿离开自己的男人。在故事的结尾，作者点出了这个阿梅就是自己的"祖母"——闺名唤作"梅"的。

　　如果说，《柳儿》写的是现实中的人生境况，那《清平乐》则是另外一种精神的探索。作者在对"执念"进行另一番解读。

　　《宫城春》是作者从唐代诗人元稹于安史之乱后写就的五绝《宫怨》中获得的创作灵感；《小院》的创作灵感来自汪曾祺先生的一篇散文。

　　文青的世界里一定有电影和戏剧，影评《误杀》写出了一个父亲的担当与道义，显然是理解了文化，而非武断式的泄愤。当然，许多文青的精神世界才刚刚开始展露出来，在流芳岁月中会有更多的年轻作者在这条道路上开启自己的艺术之思。

一、网站介绍

长江中文网（www.cjzww.com）是长江出版传媒打造的融合网络原创精品小说和主流出版资源，以"精品阅读"为主的大型数字阅读与原创平台。

二、发展历程

2013年，根据长江出版传媒战略发展要求，成立长江中文网。

2014年，长江中文网以生产优质原创资源，疏通内部运营流程，在渠道获取收益为目标，展开各项工作。

为迅速做大做强网络出版项目，2015年初确定了以购买作品及平台，绑定团队的形式收购澄文中文网。

2015—2018年成立北京分公司负责运营长江中文网。

2018年4月底，整体业务迁回武汉总部。同年，长江中文网被湖北省网信办授予"正能量工作室"荣誉。

三、运营模式

长江中文网重点布局移动互联网，形成以PC端、APP端和WAP站三位一体的平台矩阵。网站以旗下优质内容为产业链源头，进行数字、有声、出版、影视剧本（含网络影视剧）、动漫等全维度的立体开发，构建了一个融合在线阅读、移动阅读、实体出版，影视、有声、漫画等多形态文化产品、立体化版权输出的孵化终端，初步布局完成文化行业的完整产业链。

在数字阅读领域，长江中文网三大终端以WAP站为突破口，通过新媒体（公众号、微博、头条号等），实现精品内容在WAP站及部分外部站点的订阅收入并积累用户。同时接入咪咕阅读等30余家第三方渠道，获得稳定数字分销收入。

在出版领域，长江中文网与多家出版社、文化公司合作，截至目前已出版50余部作品，通过重点作品的出版来增强其影视版权估值和孵化。

在影视版权（含网络影视剧）领域，长江中文网与海润影视、轩霆影业、东仑传媒、天池文化等30多家影视公司建立深入合作关系，已输出影视IP20余部。

在有声版权领域，长江中文网先后与10余家国内主流有声小说制作和销售渠道达成战略合作，将旗下重点作品进行了有声版权的变现，实现有声读物改编1000余部。

在动漫领域，长江中文网已和小明国漫、聿弘文化签订战略合作协议，优先对网站作品进行漫画改编和IP孵化，并陆续有多部作品改编为漫画和网络动漫作品。

四、内容领域

目前长江中文网驻站作品总量接近10万部，签约作品总量1.32万部，重点作品100部左右，签约作家超过1万名。内容涵盖都市职场、浪漫青春、历史军事、科幻未来、名家精品、校园文学等80多个小类，题材丰富，结构合理，风格多元化。

通过一系列在首页焦点图、公告区、栏目推荐区等黄金位置重点推介，网站最具备正能量作品，避免唯点击率倾向和推介缺乏文学内涵与艺术审美的作品，兼具原创文学的通俗性和出版文学的艺术性，以主流文学占领互联网文学高地，引领网络文学的健康发展。

长江中文网排行榜由编辑根据网站内容要求，负责控制把关，发挥排行榜示范导向作用。不片面以点击量作为衡量网络出版物和经营业绩的标准，坚决摒弃唯点击率、唯排行榜等不良倾向。

五、重要作家和代表作品

花瓣雨，网络大神，长江中文网签约作家。长篇代表作《温润如玉》，短篇代表作《女儿妻》《画你为牢》等，待出版上市作品《我该怎样靠近你，和你一起呼吸》。网文代表作《神医女仵作》《金牌女仵作》《医手遮天：千面皇妃》《魔女小狂妃：神医嫡小姐》《邪王霸宠：庶女王妃狠嚣张》《你敢嫁给那个胖子吗?》等。其中，《金牌女仵作》影视版权、《神医女仵作》漫画版权、《医手遮天：千面皇妃》有声版权均已授出。

丁也林《秋江梦忆》是2017年优秀网络文学原创作品及2018年国家新闻出版署和中国作家协会联合推介作品，入选2018年中国作家协会重点作品扶持项目。

夏龙河《南明锦衣卫》在第15届华语文学传媒大奖中摘得网络文学历史类年度冠军。

除《金牌女仵作》外，签约作品中已授出影视版权的还有冷残河《人魈传说》、曹大麻子《原罪禁区》《帝玺谜藏》、吴问银《较量》、尹剑翔《罪爱迷途》、乾坤鱼《狩猎者》《至尊神剑》、灵档《三界图书馆》、文舟《光影高手》、子丑牟牛《索命链接》、行九《群仙请我看直播》等。午夜浓茶《光谷之恋》自制剧即将上线。

除《神医女仵作》外，梨珞梨《金牌娱记》也已授出漫画版权。

其他主要签约作品有冷残河《灵宅笔记》、杨马林《朱元璋反腐怒潮》、四叶铃兰《落月迷香》《如花春梦》、周梦《妃子血》《公主大福》、风行烈《江山梦》《战神王妃》、飞烟《夜凝夕》《让我们将悲伤流放》、转身《凤栖宸宫》《六宫无妃》、夏龙河《西域贡女》《南明锦衣卫》《流亡的帝国》、曹大麻子《梁山宝藏》、桑海田《惊天魔术师》、道门老九《诡物奇谈》、龙飞《惊天诡鼎》、兵不血刃《烽烟武汉》、郭无欢《疯人镇》、暖春半夏《将门女医》《首席女中医》、素缩《宦妃权倾天下》《我的漫画师女友》、荆泽晓

《东陵悲歌》、刺尾《杭城合租记》、梨珞梨《如何套路一个总裁》等。

六、签约机制

长江中文网以出版社责任编辑制度为标准，实行线上线下同一标准，对网络文学签约作者实行实名注册，对责任编辑、主编和总编相应责任以及网络文学的编发制度有明确的规定，建立了《长江中文网编辑责任制度》《长江中文网文学作品引入制度》《长江中文网内容审核管理办法》等制度，切实负担起内容和编校质量把关的责任。

七、激励创作的举措

长江中文网执行的湖北省草根作家培养计划，简称湖北"草根计划"，是长江传媒响应中共湖北省委宣传部的号召，发起的"网络文学鄂军"培养项目，旨在培养一批优秀的网络作家新人，发掘一批优秀文学作品并孵化具有社会影响力的优质IP。

项目由湖北长江传媒数字出版有限公司联合长江文艺出版社共同执行。建设内容如下：

（一）推行导师制扶持

通过征文比赛选拔极具潜力的本土草根作家，邀请文学界导师对其进行定向指导，并结合线下"长江读书会"主题活动的深入开展，开辟草根作家交流天地，使150名有潜力的湖北本土草根作家直接受益，并重点签约栽培30名草根作家，让在社会最底层的草根文学青年得到扶持和培养，为湖北的文学创作队伍输入新鲜力量，不断壮大和充实文学鄂军队伍。

（二）搭建开放的草根作家作品展示平台

重点依托长江传媒旗下精品网络原创平台长江中文网，开通"湖北草根作家培养计划"专题窗口，对湖北草根作家作品进行全方位的宣传、展示及推广。通过草根们巨大的影响力和辐射带动力，一定程度上促成社会形成浓厚的文学氛围。

（三）IP内容孵化

基于精品草根原创内容，向纸质出版、电子出版、有声、影视等横向产业延伸，出版60部实体书、300部电子书，改编10部有声精品，孵化1部网络大电影，塑造颇具草根元素的品牌IP产业链，借此构建"一种内容、多种媒介、同步出版"的全媒体出版模式，推动草根文学内容再造与形式创新，形成深远的可持续影响力。

八、内容团队建设

长江中文网高度重视人才队伍在业务发展中的关键性作用，形成了一支思想过硬、业务能力强、平均年龄32岁、学历本科及以上、从业经验丰富的专业团队，从业人员的学历、编辑人员与运营人员的比例，都达到合理的结构。

（一）加强党员学习教育和职工思想政治工作

长江中文网积极开展线上线下学习，实现"两学一做"常态化、制度化。通过线上线下相结合的方式开展丰富多样的主题教育活动：线上参与数字公司党支部组织的"微党课"，固定每晚八点发布学习内容，包括分享精品文章、图片、视频及音频，开展主题学习和讨论等；线下开展红色教育主题党日活动，支部书记讲党课，集中学习讨论上级精神政策等。

（二）建立高效有用的培训机制

积极组织编辑参加上级主管部门组织的各项培训，加强编辑的政治敏锐性和把关能力。

（三）建立激励与约束机制

将社会效益与意识形态工作列入年度考核指标，按月度、半年、全年进行考核，用制度激励来培养一批高素质的编辑人才队伍。

◼️红薯网◼️

一、旗下网站介绍

南京分布文化发展有限公司旗下红薯网（www.hongshu.com）全球alexa排名8000名左右，中文网站排名700名内。PC端、WAP站、M站、APP每日UV超过50万，全年1.5亿UV，每日PV超过800万，全年30亿PV。同时，公司还拥有多个子品牌，包括红薯阅读APP、红薯中文网、言情控等。以红薯网为主，总用户规模超过3000万，同时也是掌阅、爱奇艺等互联网流量入口的主要内容供应商，直接、间接传播人群超过6亿。红薯网目前已经成为众多作者创作的首选，每月有超过2000部作品在红薯网连载。公司拥有驻站作者超10万名，签约作家上万名，签约作家中约有80名已加入国家、省市地区作协，每月发放稿费作家千人以上，年发放稿费逾亿元。公司合作包括掌阅、阿里、爱奇艺、百度天翼阅读、360小说、凤凰书城、安卓书城等50家渠道。公司年营收达2亿多元，利税超亿元。

二、发展历程

南京分布文化发展有限公司创办于2011年，是一家专注于互联网原创文学创作、阅读、传播以及衍生版权开发的综合平台公司，旗下主要运营有红薯网，总用户规模超过3000万。分布文化（红薯网）以"让阅读改变生活"为企业发展使命，以"正直、专注、创新、共赢"为企业价值观。

公司先后入选苏南国家自主创新示范区潜在独角兽企业、江苏省互联网企业15强、江苏省网络文学版权贸易（南京）基地，并分别在2018年、2021年两次入选南京市培育独角兽企业。

公司现已发展为江苏省文化企业、数字出版企业的头部企业之一，并已引入国内移动阅读第一渠道——掌阅科技为战略股东。

2019年，分布文化在江苏省作家协会、江苏省版权协会、南京市委宣传部指导下，承办了"庆祝新中国成立70周年"暨"奋斗中国梦"大型征文活动，征集了一大批优秀的主题精品。

公司社会效益与经济效益并重，每年都有多部作品获得国家、省、市各级主管部门的奖项和推荐。公司本身也于2019年至2021年连续三年荣获扬子江网络文学作品大赛最佳组织奖。

三、运营模式

近年来，分布文化逐步在数字出版、数字视听、数字动漫等领域进行全面布局。公司拥有成熟的商业模式作为保障，建立了良好的作者培养机制，不仅重视头部作者的发展，同时也注重中坚作者力量的培养与发展；公司拥有专业技术资源，是国家高新技术企业，承担了多项省市级科技研发项目。分布文化始终重视技术人才的培养和技术资源的创新发展，以此在竞争中保持自己长久的优势地位；经过多年的发展积累，逐步打造了良好的品牌优势，得到广大作者、同行以及有关部门的共同认可。

公司注重IP版权衍生开发，目前网络文学IP改编正在迈向高质量发展阶段，在价值引导、制作水准、传播方式等方面不断创新。网络文学改编市场较大，公司始终愿意坚持帮助优秀作家的作品进行版权再开发，积极探索版权运营模式，拓展版权在数字阅读、有声改编、影视改编、动漫改编、实体出版及游戏制作等领域的深度开发和多重使用，充分发掘版权作品的附加价值。

（一）有声改编方面

公司自2018年成立有声部门以来，始终致力于为广大读者推出优质有声作品内容。近年来，公司有声业务发展迅猛，与蜻蜓FM、喜马拉雅、懒人听书等有声平台保持持续增长合作。得益于自身优质、丰富的版权资源储备，公司不仅与合作方共同开展版权运营，授权改编有声作品已近千部，同时还注重发展自身优秀版权开发能力，现已拥有包括《全科医生》《芙蓉花开》《女帝攻略》《超级武神》《妙手回春》《超品风水师》《都市仙尊》《重生九零之神医商女》《妖孽修真弃少》《嫡女为凰》《婚途陌路》等130本自制优质有声作品，并陆续在喜马拉雅、懒人畅听、掌阅、企鹅FM、番茄畅听、酷我畅听、微信听书、咪咕阅读等多家有声平台上线且均取得不俗成绩。其中，《全科医生》《芙蓉花开》在懒人听书上线以来深受读者青睐；《妙手回春》《超品风水师》两部有声作品在懒人听书上线短短三天播放量迅速突破10万次；《重生九零之神医嫡女》《妖孽修真弃少》两部有声作品一经上线发行，即分别占据懒人听书新书榜第三和热门榜第十；《重生之都市仙尊》改编有声作品《都市仙尊》在懒人听书上线以来播放总量已超4000万次，位列懒人听书2019年度原创新书排行榜第二名。此外，《王的女人谁敢动》《叔，你命中缺我》等合作开发的有声精品力作在喜马拉雅平台已获得上亿次的点击收听量，《王的女人谁敢动》更是高居喜马拉雅2019年度有声热播榜第四名。公司不仅发展成为懒人听书平台2020年最佳供应商，并且在喜马拉雅平台开设的"分布文化"主播账户也已成为有声书月度优质主播，拥有粉丝数已逾百万。

（二）漫画改编方面

公司2017年成立漫画部门，同时创建自有漫画平台"触手怪"，并接入三福、云端、开源、掌阅、万画筒、炫动漫等17家平台超600部漫画作品，发展至今已拥有一个自有漫画团队与一个外包漫画团队，合计近30人。

随着国内漫画市场的日趋成熟，公司漫画业务的内容生产和运营逐渐从追求数量向追求质量转变，内容更加精品化，不仅授权改编漫画作品超50部，还拥有包括如《君非君》《以婚之名》《谢文东》《龙隐者》《一诺倾城》《我亲爱的神明啊》《臣沦蜜恋》《欢迎来到极乐世界》《超品风水师》《非人类计划》《逆天武神》《姐姐来自神棍局》《总裁的戏精女友》《重生贵妻之华丽的复仇》《陆先生别惹我》等10余部自制优秀漫画作品，并已陆续在腾讯、爱奇艺、哔哩哔哩、小明太极、有妖气、漫咖等知名漫画平台上线发行。其中，《入骨宠婚：误惹天价老公》改编漫画作品《以婚之名》已在各大漫画平台正式上线，特别是腾讯动漫，人气值已过亿，这也是该作品继实体出版、有声改编后的又一次版权改编；《谢文东》《龙隐者》自上线腾讯动漫以来，全网点击总量均超10亿次，收藏人数均超50万，且多次获得首页推荐位，《龙隐者》更是一度占据腾讯动漫热销榜前50名，《谢文东》亦长期霸占热销榜；《凶猛鬼夫轻轻吻》上线后，一度占据腾讯动漫女生榜第11名及畅销榜前100名，全网点击超5亿次。另外，在爱奇艺漫画平台独家上线的《君非君》和《臣沦蜜恋》分别收获人气值近30亿和超60亿，其中《君非君》即将改编为网剧。

（三）影视剧改编方面

公司拥有最为核心的储备IP，并意识到IP影视化是网络文学重要发展方向与趋势，不断寻求实现迭代升级与跨界合作的内容制作平台。公司现有《帝业》《风鬼传说》《绝世剑神》等网文作品已签订影视版权合约；《苏醒吧，睡美人》已入选爱奇艺"云腾计划＋"；《我的清纯大小姐》《叛逆的征途》已改编制作为网络大电影并分别于爱奇艺、腾讯视频上线；《全世界都不如你》改编同名网剧于2021年4月上线优酷；《王的女人谁敢动》改编网剧《倾城亦清欢》于2022年3月杀青；江苏省淮剧团根据红薯网原创作品《范公堤》排演的大型同名古装淮剧于2022年9月在苏州保利大剧院首演，这也是网文作品与传统文化艺术形式结合的一次新鲜尝试。

除网文外，漫画《君非君》已入选爱奇艺动漫IP重点孵化工程"苍穹计划"第五期网络剧项目。

（四）实体出版方面

公司一直深耕数字阅读领域，并不断探索"先电子后实体"的出版模式，已与多家出版公司建立了良好合作关系。公司简体出版合作方主要包括湖南魅丽文化传媒股份有限公司、江苏文艺出版社、中国言实出版社等；繁体出版合作方主要包括台湾信昌出版社、台湾小说频道出版社等。公司目前已推出包括《海上升明月》《深夜儿科室》《青年律师》《以婚之名》《斯德哥尔摩恋人》《艳宫杀：嫡女惊华》《一诺倾城》《鬼谷医仙》《奇门医圣》《大仙医》《伊尔之心》《医武帝尊》等56部实体书。其中，繁体出版作品《大仙医》曾登上台湾租书榜单花蝶榜第9名，另外两本繁体出版作品《鬼谷医仙》和《奇门医圣》分别蝉联花蝶榜第11名和第12名。

（五）游戏改编方面

公司也在努力探索网文作品游戏改编开发模式，积极寻求与游戏制作公司合作，谨慎选择优质且合适的作品作为剧本，进而改编为游戏作品。目前根据红薯网作品改编制作的游戏《逆天仙尊》手游已内测完毕；《逆天武神》《九真九阳》正在游戏公司评估。另外，《风鬼传说》的游戏全版权也已授出。

四、内容领域

　　网站总体上依据读者群体将作品分为男频和女频两个频道，男频主要面向男性读者，提供男性读者喜爱的题材，例如玄幻、历史等；女频主要面向女性读者，提供女性读者喜爱的题材，例如言情、都市类作品。网站主要有都市生活、玄幻、历史军事、科幻灵异、武侠仙侠、总裁豪门、青春校园、架空历史、悬疑推理、现实题材等类别，供读者更加快速精准地获取自己感兴趣的内容。

　　目前平台网站首屏、排行榜主要分为两类，一类是自动排行推荐，一类是人工手动排行。其中自动榜包括男生新书榜、大神红票榜、女生月度榜、年度红票榜、男生销售榜、更新榜、收藏榜、人气榜、推荐榜、鲜花榜、女生销售榜等。手动榜包括男女生强推榜、免费榜、潜力榜、精品榜、男女生新书榜、男女生完本佳作榜、男女生大神佳作榜、男女生短篇热销榜等。公司运营部门及内审部门对上述榜单涉及作品标题逐一进行核查，对于低俗、恶俗、媚俗的标题直接予以下架，对于过度商业化、过于哗众取宠的标题，提请编辑联系作者本人，予以调整。

　　对于榜单管理，公司也建立了专门的审查机制，经过持续反复的宣传贯彻，目前在第一道关卡即签约阶段，编辑们已经具备比较高的敏锐度和觉悟，对于标题三俗的不予以签约，要求作者改名，这就从源头把好了第一道关。对于人工发布的榜单，榜单对应责任岗位是运营部，也加强此方面的培训；对于自动榜单，要求内审部加上岗位职责，即每天对自动榜单也进行一轮检查，责任到人。

五、重要作家和代表作品

（一）2016年

《不朽神瞳》入选2015年优秀网络文学原创作品推介活动作品名单。

《道医天下》《神魂至尊》入选中国作家协会2016年重点作品扶持项目。

（二）2018年

《海上升明月》入选中国作家协会重点作品扶持项目，获首届江苏省网络文学原创作品大赛一等奖。

（三）2019年

《长干里》《全科医生》入选"庆祝新中国成立70周年"主题网络文学作品暨2019年优秀网络文学原创作品名单，获扬子江网络文学原创作品大赛特别奖。

《芙蓉花开》《忽如一夜春风来》分获扬子江网络文学原创作品大赛一等奖和二等奖。

（四）2020年

《白衣执甲》入选中国作家协会重点作品扶持项目，获扬子江网络文学原创作品大赛三等奖及年度最佳主题奖。

《范公堤》《弄江潮》分获扬子江网络文学原创作品大赛二等奖和三等奖。

《范知州》《女兵安妮》获第三届江苏省新闻出版政府奖提名奖。

《高铁追梦人》《逆行者》入选江苏省主题出版重点出版物选题。

《我的清纯大小姐》《汉天子》《绝世幻武》分获第二届泛华文网络文学"金键盘"奖都市幻想类、军事历史类、悬疑科幻类奖项。

《全世界都不如你》入选江苏省优秀版权作品产业转化重点培育项目。

《王谢堂前燕》入选优秀现实题材和历史题材网络文学出版工程。

《女兵安妮》入选江苏省委宣传部国家公祭日宣传教育活动书单。

（五）2021年

《范知州》获得扬子江网络文学原创作品大赛三等奖。

《高铁追梦人》《白衣执甲》《长干里》《全科医生》《深夜儿科室》入选"红旗颂——庆祝建党百年·百家网站·百部精品"作品名单。

《长干里》荣获第五届中国出版政府奖提名奖。

《熙南里》入选江苏省主题出版重点出版物选题、中国作家协会网络文学重点作品扶持项目。

《王谢堂前燕》《女兵安妮》分获"庆祝中国共产党成立100周年"网络文学主题征文大赛二等奖和三等奖，《女兵安妮》另入农家书屋重点出版物推荐目录，获扬子江网络文学原创作品大赛二等奖及最具影视改编潜力奖。

六、签约机制

网站与作者之间的签约机制主要有分成模式、保底模式和买断模式三种。分成模式应用得最为广泛，大多数新人作家一般都是按照分成模式来签约，比如平台和作者按照五比五的比例进行分成，不同等级的作品可能获得不同的分成比例。保底模式则是在分成的基础上，网站给予作者一定的保底稿酬，作品实际分成的收益低于保底金额的，网站依然向作者支付保底稿酬，作品实际分成的收益超过保底金额的，网站则按照实际分成的收益向作者结算。买断模式则是由网站评估作品的商业价值，按照实际完成的字数计算买断稿酬，盈亏均由网站自行承担。

为更好服务作者，编辑部下设编辑小组，统一管理组内作者群，适时与组内作者进行沟通，以辅导作者为重心，多挖掘、培养优秀作者和作品。同时，公司还积极关注同行动态和发展，关注渠道作品新兴红文题材，及时将最新的大方向和重点内容汇总，确保第一时间能传达给作者。制定作者创作福利，鼓励引导各类题材的创作。新书申请上架后，应第一时间完成新书审核、作者内容引导以及后续推荐等跟进，及时完成作者福利申请跟进、审核，并联系作者确认相关事宜，做好跟进工作。

七、激励创作的举措

为鼓励创作、吸引更多新的作者加入创作行列，公司推出了一系列创作福利，包括签约福利、星级作者福利、扶持奖励、渠道拓展福利和道具分享计划等一系列奖励措施。对于女频独家签约作者，签约就送100元奖励；对于男频独家签约作者，签约就送100元奖励，签约作品一旦上架，另外再送150元奖励。为有效增加网站签约作者的稿酬收入，红薯网推出"作者积分等级体系"，设置作者成长积分升级体系，确保作家利益最大化，实现作家与网站的互利共赢。积分获得方式主要有：

签约积分：签约即送积分，根据签约作品质量、作者红薯驻站创作时长、作者影响力等情况给予200~10000不等积分。

新题材积分：凡作品经编辑部判定为新题材的，可根据更新、配合网站进行资料提交及宣传情况等每月给予100~1000不等积分。

大推荐位积分：凡作品在各大渠道上大推，可根据推荐位置、作品更新量给予1000~10000积分。

出版积分：非个人方式签约，作品签约简体出版，给予20000积分；签约繁体出版，给予10000积分；如简繁体均出版，可累计相加。

获奖积分：作品或作者获奖（包括网站、作协、文学组织等，常规榜单不算在内），按获奖级别及影响力，经编辑部评估后，奖励500~30000积分。

IP版权积分：非个人方式签约，作品签约影视、游戏、动漫等，按签约平台级别及影响力，经编辑部评估后，各奖励5000~50000积分，如同时签约多个版权，可累计相加。

稿酬积分：根据作者同个笔名下所有作品（包括分成、保底买断和买断作品）在所有平台中VIP订阅分成收入可获得相应积分。

亲友积分：凡推荐朋友在红薯网投稿并签约的，推荐者可根据被推荐方是否为新作者，是否带老笔名，获得5000~50000积分。

其他积分：加入省级或以上作协、积极参与网站对外的大型活动并协助宣传、对网站提出重大建设性意见或建议被采纳等，可获得相应积分。

获得积分后，作者可以兑换公众号推荐位、渠道推广测试、请假券（申请全勤福利时使用）等用于增加作品收益。

为深化繁荣我国的文娱产业市场，向市场提供更多类型和趣味的产品，公司还对下列题材的作品签约进行额外奖励：推理、探险、恐怖、悬疑等惊悚类题材；讲述主人公励志、成长等内容的青春、职场类题材；历史言情类题材；机甲、科幻、星际、末世、灾难、创意新颖类题材；仙侠、网游、竞技、洪荒等新题材；弘扬时代精神、反映社会正能量题材；跳出套路，具有创新元素的无线向题材；深挖社会现象，能引起情感共鸣的现实类题材，背景不限于年代类、青春类、都市类。

在红薯网完成一本上述新型题材作品，且正常完本字数在50万字以上的签约作品的作者，同个笔名下的下一部作品继续与本网站签约即可向编辑提出申请，奖励500元。

享受上述福利的作品可同时享受完本奖励与长篇作品扶持奖励。

八、内容团队建设

公司目前拥有专业的编辑出版人员12名，均为持证上岗人员，初级、中级编辑各6人，相关行业从业经验丰富，为公司的业务部署和顺利开展奠定了强大的人才基础。

目前，公司已经建立了较为完备的内容审核制度，明确了内容审核的责任分工，形成了较为完善的工作机制，并强化了责任追究。首先，公司在选题方面通过选题策划和专题讨论，对网络文学服务的群体进行合理定位，有的放矢，优先选用艺术价值高、导向正确的题材。其次，公司也加强选题策划的激励机制。把选题策划的部门利益与编辑的个人利益相结合，重点奖励社会效益高的作品选题，激励编辑的选题能力和选题水平的提高。通过这样一套适应市场经济运作的选题经营办法和措施，以保证网站选题取得良好的社会效益。

公司坚持责任编辑制度，责任编辑必须逐字逐句地认真审读全稿，对书稿的政治倾向、思想品位、学术或艺术价值、科学性、知识性、结构体例、文字水平等各个方面进行把关，对其质量、社会效益和经济效益进行评价，并提出取舍意见和修改建议。初审由助理编辑人员担任，在审读全部内容的基础上，主要负责从专业的角度对即将出版内容的社会价值和文化学术价值进行审查，把好政治关、知识关、文字关。要写出初审报告，并对网络文学出版稿件提出取舍意见和修改建议。一般情况，需要在审稿之前过一遍软件程序校对，以提高初审质量，避免一些低级错误。复审人员由责任编辑担任，审读全部文件内容后，对文件内容质量及初审报告提出复审意见，做出总的评价，并解决初审中提出的问题。终审人员由总编辑担任，根据初、复审意见对文件的内容，包括内容的思想政治倾向、艺术品位、社会效果、是否符合党和国家的政策规定等方面做出评价，在此基础上，对网络文学出版稿件能否采用做出决定，对涉及内容导向问题的事项，总编拥有一票否决权。

另外，红薯中文网自团队创立之初就成立了专门的内审部门，所有作品（包括驻站作品）必须先审后发，多道审核工序，自审自查，深化落实意识形态工作责任制，审核人员、审核时间等后台均有记录，责任到人；发动读者监督，予以阅读币奖励；联合合作渠道，共同把好内容关。内部员工每天在工作群就遇到的尺度范例进行交流，每周例会就经典案例组织审核人员讨论学习，并且定期对审核编辑进行考核，不断提高审核人员业务能力，加强编辑思想理论的学习，让编辑从稿源杜绝三俗作品，正确引导作者创作符合社会主义核心价值观的正能量作品、符合我国现阶段主旋律的作品。公司还成立了以董事长为组长，以内审部负责人为直接承担责任人，以党支部书记为首席内容官、导向官，以法务（兼职公司团支部副书记）为督察检查机构的领导机构，相互监督审查制度到位情况，无条件支持审查部门的坚守红线原则做法，对发现的问题有则改之无则加勉，对负责签约的男频、女频编辑们定期考核，每周开展一次审查通报会。

■ 盛世阅读网 ■

一、网站介绍

　　重庆盛世悦文网络文化有限责任公司成立于2016年，是重庆首家致力于发展原创文学的网站，公司旗下网站名称为盛世阅读网（www.s4yd.com），目前为国企控股，是重庆市网络作家协会的战略合作伙伴单位。

　　公司集线上线下于一体，线上有盛世阅读网这样专注于数字阅读的网络平台，以无线阅读为业务核心，并与出版、动漫改编、游戏改编、影视改编等产业链深度合作，力求打造最具影响力和商业价值的文化平台；线下有一个近千平方米的网络文学创作基地，汇聚和培养最优秀的作者和作品，定期邀请全国知名作家到基地进行写作培训。

二、发展历程

　　2016年成立，完成平台搭建及基地建设。

　　2017年加入全国重点网络文学网站联席会议，成为重庆重点数字出版单位。

　　2018年完成海外业务开发。

　　2019年与九龙坡区、永川区、江津区等区县单位达成项目合作。

　　2020年平台全面升级。

　　2021年公司转为国企控股。

2022年公司推出的"用数字阅读助推全民阅读"项目入选重庆市优秀全民阅读推广活动。

三、运营模式

盛世阅读网是一个集文学性与商业性于一体的知识性网络经济实体，以网站为依托，和作者达成作品版权授权，全面开展市场化运作，实行全版权运营模式，将作品从线上订阅拓展到线下出版、影视改编、游戏开发、周边产品衍生等，并已有多部作品完成了包括出版、影视及有声的IP转化。

四、内容领域

网站主要专注于现实题材和时下热门网络文学题材的内容开发，以重庆红岩为背景的谍战小说《火种》入选重庆市庆祝中国共产党成立100周年主题出版重点出版物名单，荣获2012年"之江杯"中国视听创新创业大赛一等奖。讲述扶贫第一书记事迹的《那人那事》荣获2022年西安市优秀文学艺术创作成果奖，同名电影荣获好莱坞小金人国际电影节最佳外语片奖。另有多部作品入选中国作家协会重点扶持项目，网站负责人被评为重庆优秀数字出版人物及重庆十佳全民阅读掌灯人。

五、签约模式

目前网站有三种签约模式：买断、保底分成以及纯分成，作者可以通过直接向编辑邮箱投稿或者上传网站发布作品申请签约，作品经审核达到签约标准后，编辑团队会第一时间与作者联系。

网站设有新人签约奖励、全勤福利、测试等级福利奖、销售排名奖励、伯乐奖、续约奖，以及各种培训推荐、人才推荐鼓励措施，以促进新老作者的创作激情。

六、内容团队建设

公司积极发挥社会责任，每年均会开展爱心公益活动。疫情三年以来，发表近百篇抗疫作品，并对抗疫作品进行大力推荐；发起宅家读好书活动，免费发出读书账号2万余个；助力文旅融合发展，先后以重庆本地文化为素材撰写多部作品，如以走马古镇为原型的《走马传奇》、以铜罐驿为背景创作的《新英雄湾村》、以会龙庄为背景创作的《寻梦会龙庄》等；一直致力于用网络文学助推地方文旅发展，积极探索数字内容新生态与传统出版的融合创新、剧本杀等沉浸式文化融合创新。

编辑联系方式如下：

小鱼：864654661@qq.com

糍粑：2975064824@qq.com

白胖：2410404604@qq.com

一、旗下网站介绍

塔读文学旗下主要由PC端产品塔读小说网（www.tadu.com）以及免费小说阅读APP塔读小说构成。

二、发展历程

塔读文学隶属中国最大的移动通信产品分销商天音通信集团，成立于2008年，是全国较早建立的综合类数字阅读平台之一，是经原国家新闻出版广电总局遴选的18家首批全国网络文学试点单位之一。

2018年，凤凰新媒体战略投资塔读文学。

2020年，字节跳动全资子公司北京量子跃动科技有限公司战略投资塔读文学。

三、运营模式

塔读文学免费提供海量热门网络文学内容，打造原创作者签约、内容分发、IP包装与衍生的泛娱乐化生态闭环。

签约作者、征集内容一直是塔读文学平台的核心业务，内容是平台核心竞争力，而作者是构建核心竞争力的必备因素。长期以来，塔读文学都十分注重旗下作者的挖掘、孵化与培育，壮大优秀作者队伍，积极协助作者提升写作水平。通过比赛的形式发掘有潜力的作者，并针对写作爱好者进行创作宣传，组织文学爱好者，以讲座的形式进行授课，定期举办文学爱好者座谈会，鼓励他们把爱好付诸实践，投入到网络文学作品创作中去。与此同时，塔读文学积极为作者创造舒适的创作环境和充分的创作空间，在作者创作过程中，编辑会与作者进行深入沟通交流，给予作者充分鼓励和支持，辅助作者完成创作；定期组织作者交流会，策划优秀作者座谈会，激励作者创作，同时推荐作者参加各类培训班，提升作者职业素养和写作能力。塔读文学通过多年培育，已汇聚了一批优秀网络文学作者。

为了保障作者的权益，塔读文学提出本平台三七分，作者占七成的高比例广告收入分成的分配方案，并提供无责任、分档式全勤保障以及个性内容创作鼓励金的福利体系方案。与此同时，塔读积极拓展内容版权分发合作，并与百余家平台达成战略合作，以提升作者的收入来源。

IP衍生方面，塔读文学专注IP深度开发的权益，在作品基础上深度与作者进行捆绑，了解作者所需，加大对作者权益的投入。积极推动出版、影视剧、动漫、有声、游戏、海外翻译等多种形式的版权开发工作。截至目前，塔读已成功出版《千帆过境尽余生》（原名《国民影帝暗恋我》）、《我成了宠妻狂魔的小祖宗》、《不与时光说你美》等多部优质热销作品，已合作开发数十部长、短剧。

由7部塔读IP结合改编的自制微短剧《怂男进阶攻略》、《水浒客栈》改编同名网络大电影、《婚成勿扰》改编网剧《花飞尽归不归》、《国民影帝暗恋我》改编微短剧《星动的瞬间》、《私宠甜心宝贝》改编网剧《奈何BOSS要娶我》《奈何BOSS要娶我2》、《假面娇妻》改编网剧《抬头有星光》、《大神，你家夫人又挂了》改编网剧《墨白》等均已上线全网平台，点阅数据和口碑都得到良好反馈。

动画、漫画、动态漫画方面也有数十部作品成功售卖、开发，其中《仙武帝尊》改编动画《至尊仙帝》长期居于上线平台热度榜前五。游戏改编方面，也曾出现过由《清宫熹妃传》改编的《熹妃传》《熹妃Q传》两款手游，分别获得累计用户过亿、日流水超过5000万元的喜人成绩。近年来，随着有声小说市场的兴起与发展，塔读已出售或自制千余部有声版权和作品，为作者带来数千万元的收入。

除了国内 IP，塔读也在拓展海外版权的开发，目前已成功授出 700 余部作品的海外翻译权，包括英语、葡萄牙语、西班牙语、印度尼西亚语、韩语等多国语种。

四、内容领域

塔读文学始终致力于打造男性、女性双品牌共进的综合型平台，更全面地服务用户，作品类型涵盖了玄幻、古言、幻言、仙侠、历史、悬疑、青春、校园、都市、言情等多种类别，形成了有规模的内容体系，满足各层次读者的多元化阅读需求。在维持发展现有作品规模的同时，积极拓展签约类型，深度挖掘情怀、励志、温情、浪漫、梦想等类型作品，以文载道，将正能量以更适合阅读的方式传播。目前已拥有百万册字数不等的作品库，其中签约作品超过 43000 册。

题材方面，分男女频，分别面向男性、女性用户群体进行内容孵化。男频拥有东方玄幻、现代都市、武侠仙侠、历史架空、军事战争、灵异悬疑、西方玄幻、创意脑洞、科幻末世、游戏竞技、短篇小说等一级分类。女频拥有现代言情、浪漫青春、古代言情、幻想言情、悬疑小说、短篇小说等一级分类。各一级分类也会根据内容方向划分出二级分类。

榜单方面，男女频共同设置了四个主流榜单，分别是人气榜、新书榜、银票榜、完结榜。其中人气榜是所有连载中的作品受读者喜好情况；新书榜是发布 45 天以内，字数位于 5 万～30 万字之间的新作品受读者喜好情况；银票榜是所有作品被读者推荐指数情况；完结榜是已完成创作的所有作品受读者喜好情况。根据业务需求，男频额外设置互动榜，用以反馈作者与读者的互动指数情况。

五、重要作家和代表作品

六界三道：玄幻大神作家，有"塔读一哥"之称。代表作《仙武帝尊》

《永恒之门》，其中《仙武帝尊》长期位居各大渠道畅销榜前列，有声、动态漫方面也取得了不错的成绩。

绯红之月：擅长写社会主义道路小说，观点特色鲜明的优秀历史作家。代表作《文明破晓》《革清》《未曾设想的道理》等，几部优秀作品皆取得了成绩与口碑。

一柄墨刀："00后"新生代作家代表之一，集天马行空的想象力、扎实的文字功底、勤奋刻苦的创作态度等诸多优点于一身，擅长各类题材。代表作《我的体内有只鬼》《万夜之主》《星能玩家》。

清酒半壶：心思缜密、文笔细腻，擅长情感描写。代表作《我在绝地求生捡碎片》《全职剑修》。

命给你行不行：风格多变，时常追求创新，擅长都市、科幻、玄幻、游戏等多题材创作。代表作《从野怪开始进化升级》《天相》《网游之命轮之主》。

三月夕颜：文风活泼，构思灵巧。代表作《团宠公主三岁半》漫画版位于榜单前列，深受读者喜爱。

司茶茶：因独树一帜的甜宠文风而广受读者欢迎。代表作《影帝被我始乱终弃后》拥有超高人气。

鸭圣婆：文笔大气，行文磅礴，笔下的人物栩栩如生，有血有肉，代入感十分强烈。代表作《宦妃还朝》等已授权影视、漫画等多项改编。

王甜甜：擅长创造不同的新脑洞，代表作《穿书：逆徒他又想欺师》改编漫画火热连载中。

酸菜炖豆腐：青春校园文作家，致力于纯粹爱情故事能博读者一笑，人气口碑双丰收。代表作《校草的蜜宠甜心》积累千万人气。

六、签约机制

签约方面，分作者端、审核端、编辑端。

作者端：创建笔名成为作家—创建作品—发布正文内容—2万字可申请签约。

审核端：根据相关规定，对笔名、书名、简介、书封、正文内容进行安全审核，有违规内容则驳回，未出现违规则通过。

编辑端：责编初审—主编复审—沟通作者确认签约—发签约合同—完成签署。

值得注意的是，塔读责编审核并非一次毙稿，2万字申请签约失败之后，如果作者创作欲望强烈，可修改开篇，续写至4万字可再次投稿。同时，签约申请通过后，也未必能签约成功，建议跟编辑沟通环节，提供完整的故事框架大纲，提高签约成功率。

七、激励创作的举措

签约奖：为了保障作家新书期的收益，签约作品连载更新满20万（含）字后，可申请奖励600元。

全勤奖：为了激励作家稳定更新，作品连载更新满20万（含）字后，从次月开始计算，每自然月内有效更新字数满足对应全勤档位更新要求，即可申请对应档位全勤奖励。

完结奖：完本字数达到100万（含）字以上，可申请奖励1000元。

续签奖：已完本签约书籍字数超过100万（含）字，且三个自然月内与本站以签约精品分成的方式签约新书后可申请奖励800元。

内推奖：塔读签约作者推荐新作者，到本站发布作品且成功签约，推荐者可申请奖励200元。

个性扶持计划：一个平台的发展，离不开多元化的生态。无论是现实题材、传统文化还是其他个性化内容，我们都鼓励作者积极探索和尝试，为此特意推出个性扶持计划，给敢于创新、用心创作的作者提供500元、1000元两档鼓励金（个性扶持奖可与全勤奖等其他福利同时享受）。

八、内容团队建设

"内容＋运营"的课题研讨机制应该是塔读团队建设的特色，从内容编辑视角和平台运营编辑视角对内容理解进行完善，研究出一套更科学的项目运转手段，平衡编辑需求、作家需求以及平台需求的界限，做到项目可控，可随时调节。

同时，不同的理解角度，可以完善优质内容的判断方式，帮助编辑跳出固有的审美，对精品的定义有了新的认识，并以此推及作家培养工作，效果显著。

塔读建站十余年，受市场变动或资本影响，经历过多次波动，而内容团队也历经几次更新。为了应对不同的挑战，网站致力于发掘和培养人才，目前已形成一个历经八年打磨，以项目思维武装、有韧性的团队。

塔读资深团队人员联系方式如下：

应龙（1391950657）、亮亮（2850572928）、强子（1400780794）。

男频：云帆（2439083537）、战国（2850517875）、天问（2850517847）、九羲（2850517845）、橙子（2850517848）。

女频：恬恬（2850517085）、豆豆（2850516866）、浅黛（2850553364）、青芒（2850510590）、思楠（2850516220）。

一、旗下网站介绍

陕西书海网络科技有限公司（书海小说网）旗下有书海原创网（www.shuhai.com）、书海言情网（mm.shuhai.com）、书海文学网（wenxue.shuhai.com）、书海动漫网（www.shuhai.cn）四家网站。

书海小说网成立于2012年，历经多年发展，已是西部最大、国内一流的原创文学网站，是陕西省文化产业"十百千"工程骨干型文化企业。

书海小说网拥有手机WAP网站、安卓阅读客户端、苹果阅读客户端等多个阅读平台。

二、运营模式

书海小说网的运营模式主要是与优秀网络作家全版权合作、VIP作品在线收费阅读、原创文学加版权分销。目前深度合作的主要是移动、电信、联通三大运营商和腾讯、阿里巴巴、掌阅、书旗等40多家阅读平台。由于优质的资源和良好的信誉，书海小说网多次获得三大运营商阅读基地的优质CP荣誉。目前已有《相宝》《铁骨金魂》《摸金秘记》等100多部作品实现有声改编，《万古主宰》《腹黑王爷的绝色弃妃》等6部作品实现海外版权输出，《杨门少年》《我的合租房客》《闪婚急诊，唐医生》3部作品实现影视改编，《强国重器》《假婚真爱》2部作品实体书出版上市。

三、内容领域

书海小说网的内容涵盖现实、都市、言情、玄幻、仙侠、灵异、游戏、科幻、历史、军事、红色等多类题材，阅读群体非常广泛。拥有独家签约作者2000多名，原创文学作品3000余部，合作书籍2万多本，注册用户200多万人。

站内权威榜单设置有佳作榜、精品名家阁、主编推荐、月票榜、推荐榜、收藏榜等。

四、重要作家和代表作品

网站现有紫芒果、尚启元、红雨、张家四叔、蓉筝、上将司令、炎宗、画地为牢、牛仔西部、李中有梦、狐狸小妹、漫妖娆、清浅璐、月半墙、向左看寂寥、梦想在飞扬、文字控、静待成魔、幻星尘、水煮排骨等重要作家，还有微尘、飞永、熊猫远、缪热、翡翠青葱、李斯瑜、飞刀叶、任语丁、无量等潜力作家。

紫芒果：本名李杰，网络作家，网络编辑，网络评论人。中国作家协会会员，陕西省作家协会会员，陕西省网络作家协会副主席，西安市网络文艺家协会会长，西安市首批百优青年文艺人才。曾任阅文官方书评团书评员、云中书城签约书评人。系阅文集团、知乎盐选等平台签约作家，书海小说网签约作家、总编辑。获第五届陕西青年文学奖。

代表作《强国重器》：一部描写电力装备制造企业发展壮大历程的现实题材长篇小说，讲述了普通电气技术员胡新泉在面临工程师和企业家身份的抉择时，受到充满奉献精神的老一辈电气工程师们的影响，肩负起时代责任，打造国之重器电力品牌的故事。

制造业是立国之本、兴国之器、强国之基，作品记录了改革开放伟大时代的巨变，关注了国有企业在信息全球化时代背景下的革命性转变和创新性发展。刻画了胡新泉、赵明诚、董青金等工人形象，并从人物面临各种时代大势时的不同抉择，表现了老一辈工人阶级甘于奉献、勇于担当的强烈社会责任心，又展现出新时代工人阶级积极探索、奋发图强的精神风貌。作品由陕西师范大学出版总社出版，上市后引起广泛关注，入选《中国出版传媒商报》2022年第四季度影响力图书、百道好书榜等。

尚启元：中国作家协会会员，中国写作学会会员，山东省网络作家协会首任秘书长，编剧、导演。获山东省"中国梦"主题长篇小说优秀作品奖、英国普利茅斯文学奖、第四届辽宁网络文学"金枅杆"奖新人奖等。

代表作《刺绣》：故事发生地在刺绣之乡苏州，绣馆的传人沈灵慧是清末江南的绣娘，貌美如花，苦心经营着玉春坊。她的养女沈雪馨生长在封建王朝彻底崩溃与民国诞生的时代，身上始终交错着颓唐与奋发的矛盾。沈雪馨成人后，凭着天赋，成为一名技艺高超的绣娘，决定重振玉春坊昔日的辉煌。

红雨：本名杨凤山，山东省作家协会会员，新华社山东分社原副社长，高级记者。

代表作《铁骨金魂》：以全国著名英模人物朱彦夫为原型，以纪实性笔法描写了主人公少年参军、转战南北、身经百战、异常艰苦的人生经历，并以残缺身躯和坚定信念，带领乡亲改变家乡面貌的故事，讴歌了当代英雄，形象地诠释了"不忘初心，牢记使命"这一时代要求。

张家四叔：本名张涛，"90后"悬疑网络作家，书海小说网签约超十年作家，鲁迅文学院第十六期网络文学作家培训班学员，河北省作家协会会员，陕西省网络作家协会会员，陕西鲁迅文学院网络专修班学员，河北网络作家井冈山专题班学员，张家口市作家协会会员，河北张家口冬奥主题文艺创作班学员，长城文艺签约作家。

代表作《摸金秘记》：一具极美女尸的出现打破了主人公原本平凡的生活，身怀家传的盗墓秘诀，打开封藏千年的古墓皇陵，寻觅埋葬于地下的奇珍异宝，解开无法触及的谜底。

蓉筝：本名郭丹，"90后"古言网络作家，书海小说网精品签约作家，从事写作已近十年，写过多本百万字完结作品。

代表作《残王御宠：特工医妃》：讲述浴火重生后，国家级特工变成相府爹不疼娘不爱的炮灰嫡女的故事。软弱包子骤然变成杀伐果断的特工翘楚，成为相府翻手为云覆手为雨的存在，哪承想，一道圣旨，让她成为嗜血残王之妻，从此搅得皇城腥风血雨。

上将司令：本名刘开亮，"90后"玄幻网络作家，陕西省网络作家协会会员，书海小说网精品签约作家。

代表作《不死仙帝》：仙武界无极仙帝因天赋惊人，让人嫉妒，更生忌惮，故而遭布局扼杀。16年后，无极仙帝重生下位面，今朝归来，杀戮再起。曾负他之人，将再无宁日。曾错过之爱，将不留遗憾。

炎宗：本名李志强，陕西省网络作家协会会员，书海小说网精品签约作家。京城广告策划人，北京德胜盟文化公司总经理，北京畅通四方科技有限公司董事。

代表作《相宝》：既然青春留不住，莫让光阴虚空度！既然有机会重来一遍，既然已经抢了别人的身躯，那么，就要更加珍惜。文玩、玉器、字画、陶瓷、青铜器，还有那些未曾发掘的宝藏……不管你是谁的，从今以后，就是我的。

画地为牢：本名宋航，陕西省网络作家协会会员，书海小说网精品签约作家，都市类人气作者。

代表作《天门帝国》：故事发生在主君时代，讲述华夏国之王夏天、世界总府帝君虹、黑暗之王貘羽、蛮荒之王坤沙、瀛国君王神武辉耀，以及在世界地图板块的上万势力、上百龙头的超强争霸故事。

牛仔西部：本名田震，曾用笔名东家，陕西省网络作家协会会员，书海小说网精品签约作者，在多个文学网站均获得超高人气，全网总点击突破10亿次，被誉为风水流派第一人。

代表作品《真龙》：那一夜，玉壶山下清泉涌。阎王驸马，鬼面郎君，伴舟行。龙命现，五魔出，太行颠覆，大道满盈！九霄雷霆惊天变，一人书海化真龙！

李中有梦：本名周益杰，书海小说网签约作家，玄幻类人气作者。

代表作《暴力丹尊》：主人公不死丹尊陈玄炼丹时被炸死，重生在风云大陆，本想安安静静炼丹升级，偏偏得保护一个15岁的小丫头，故事就此展开。

狐狸小妹：本名谭广岩，内蒙古作家协会会员，鲁迅文学院网络作家培训班学员，书海小说网精品签约作家。

代表作《腹黑王爷的绝色弃妃》：因为貌不惊人，主人公被皇帝退婚，转而嫁给了嗜血残忍冷酷无情的二王爷，洞房夜等来的便是无尽的羞辱，正牌王妃变成了下堂弃妇。傻女重生，不再奢望他的爱，这一世，她定要惊才绝艳，凌驾九霄之上。

漫妖娆： 本名陈青云，浙江省作家协会会员，书海小说网精品签约作家。

代表作《步步诱婚：总裁宠妻365式》：A市里令人鄙夷的豪门弃妇傅梨子被亲姐抢走丈夫，遭设计生下陌生人的孩子。家产被夺，孩子被挟持，傅梨子坠入地狱。她恨，却束手无策，直到他的出现，成了她的救赎。

清浅璐： 本名朱纯璐，湖南省网络作家协会会员，书海小说网精品签约作家。

代表作《闪婚急诊，唐医生！》：秦晚夏以为她的闪婚老公除了帅一无所有，可谁能料到，他竟然是显赫国内外的大名医、上市集团的幕后大老板，还把她宠上了天。恢复记忆之后才知道，她是他藏得最深的珍爱。

月半墙： 本名张玮，陕西省作家协会会员，鲁迅文学院网络作家培训班学员，书海小说网精品签约作家。

代表作《东陵护宝秘档》：孙殿英奉命到冀东剿匪，但上级并没有拨给他一枪一弹一兵一卒，全由他自己解决军费粮饷。孙殿英为补贴军饷，决定盗取东陵。他以军事演习掩饰盗墓行动，并派人招揽各方奇能异士，而年轻时参与过东陵修建的赵石便被强迫加入了盗墓队伍。为了保护父亲，也为了阻止孙殿英将国宝变卖到国外，赵平安与同伴不得不下墓与之周旋，一场场诡异离奇的冒险就这样开始。

向左看寂寥： 本名田朝飞，陕西省网络作家协会会员，书海小说网精品签约作家。

代表作《最强战兵》：前海军陆战队队员邓阳意外来到1937年，带领三百残部苦守村庄，守护数万百姓。邓阳孤身血战九州，为的就是用敌人的鲜血浇筑最强的钢铁，重铸华夏最坚固的脊梁。

梦想在飞扬： 本名郑发金，陕西省网络作家协会会员，书海小说网精品签约作家。

代表作《万古主宰》：一代剑神萧锋头顶造化玉碟，脚踏混沌青莲，携开天神剑临异界，从此一人一剑纵横九州无敌手。一剑西来神鬼惊，一剑锋芒万古寒。吾之道，主宰大道。吾之剑，万剑至尊。吾乃万古主宰。

文字控： 本名沙冲，陕西省网络作家协会会员，书海小说网精品签约作家。

代表作《九婴邪仙》：相传，超脱于修真界之外有一个浩瀚的仙界，那里百族林立，有莫大的机遇，有无尽的天材地宝，更有无尽的修炼福地。龙颜，一个身怀九个元婴的怪才，一步步踏上修仙之路，他该如何求仙证道，斩尽九天十地，成就无上仙路？

静待成魔：本名焦龙，书海小说网精品签约作家。

代表作《极品神医》：巫医山上犯了错的传人丁磊被迫下山红尘炼心，却不想被卷入都江地下势力的争斗。一念天堂，一念地狱，红尘中丁磊是走神途还是魔路？昔日错误是否是他一生的羁绊？巫医山的传说到底能不能让他平定天下？

幻星尘：本名李强，重庆市作家协会会员，书海小说网精品签约作家。

代表作《九劫真仙》：一个资质平庸的普通少年突然被云家的大小姐看中，成为其替身未婚夫，这其中到底有何秘密？原本应该在云家倍受欺凌，甚至早就死于非命的秦宇轩，却奇迹般地依靠父母留下的乾坤戒改天换命，逆袭成功。这乾坤戒中究竟蕴藏着什么奥秘？

水煮排骨：本名胡洁斓，书海小说网精品签约作家。

代表作《超神小司机》：意外获得了外星文明的传承，化身独一无二的超神司机。宇宙第一司机发车，开公司，玩科技，赢钞票，用日进千里的武学调戏龙组，从此不问东西，我主前进方向。

五、签约机制

网站主要采用分成、保底、买断三种形式和作者签约合作，对于特别优秀的作者会采取精品签约，在作品订阅、版权销售分成上给予优待，安排更好更稳定的推荐资源以及商务推广。

六、激励创作的举措

网站激励创作的举措有佳作榜奖励、奖金奖励等；对新作者会采取给予定向创作扶持金的形式进行鼓励。

七、内容团队建设

　　网站内容团队分为编辑和编审两个部门。编辑部负责作者的联络、作品的签约，目前在职人员 12 人；编审部门负责作品内容的审核，严格执行三审流程，把关内容质量，目前在职人员 18 人。

■ 米读小说 ■

一、旗下网站介绍

上海大犀角信息科技有限公司旗下有米读小说网（www.midureader.com）及移动端产品米读小说APP和米读小说极速版APP。

米读小说是国内首创的免费网络文学阅读平台，于2018年5月正式上线，秉承变革创新精神，在业内首创电子小说免费阅读的商业模式，为用户提供优质的网络文学内容和个性化、智能化服务。

二、运营模式

米读小说作为国内首款免费网络文学产品，改变了网文行业长久以来的付费阅读模式，以"免费＋广告"的模式，为用户提供海量小说内容。建设内容生态的同时，米读积极开拓IP孵化新模式，2019年曾与短视频平台合作，打造多部IP改编的微短剧。

三、内容领域

内容方面：2022年前，米读非常重视新作者的挖掘和培育，积极拓宽征文渠道，为新生作者提供培训和服务，完善作家孵化体系，为年轻作家设置上升通道。与此同时，重视与内容供应商的合作，购买数万本经典小说，丰富了小说内容库，进一步满足了用户对网文小说的多样性需求。2022年初，米读小说进行业务调整，与阅文集团进行商业合作，将原有原创部分转给阅文，米读引入阅文内容资源。现阶段，米读小说无相关原创业务，无签约合作作者。

题材方面：米读小说内容题材较为丰富，其中，现代言情、都市生活相关题材各占30%左右，古代言情、玄幻奇幻题材各占10%左右，另外还有悬疑推理、武侠仙侠、职场商战等题材。

榜单设置：米读小说在站内设置了人气榜、好评榜、飙升榜、热搜榜、新书榜、热评榜、收藏榜、打赏榜等榜单，方便读者筛选自己感兴趣且较为优质、新鲜的网络文学内容。

四、内容团队建设

米读团队高度重视内容管理建设，不断加强平台自身监管能力，丰富作品题材，坚决杜绝同质化、格调不高或导向偏差的作品，对畸形审美、不良亚文化渗透，以及三俗和历史虚无主义坚决说"不"。在内容管理及团队建设上，主要开展了以下工作：

（一）强化内容安全的组织管理

米读小说在总编辑负责制基础上，建立了总编辑领导的内容安全委员会（以下简称"内安委"）工作机制，内安委日常负责米读内容审核安全工作的指导、监督和决策工作，对米读内容具有一票否决制。为强化内容安全的组织管理力量，发挥党组织在内安委的政治引领作用，公司推选党委专职副书记担任内安委执行总编辑，协同总编辑共同指导内容审核安全工作，切实保障米读内容的意识形态安全。

（二）加强内容安全的机制管理

一是加强制度保障和制度落实。内安委根据工作实践，不断完善《总编辑负责制度》《米读编辑管理制度》《米读小说内容安全审核团队建设》《米读小说内容安全审核制度》和《米读小说用户举报机制》内容，并且由内安委推动和监督制度落实情况。

二是加强责任管理。米读后台建立了完整的线上责任链，确保作品修改或下架的处置人员、责任人员、处置动作、编审意见等任何人工动作环节在线上全程可回查，确保编审人员能够及时认真处置问题作品。

三是重视总结研究，完善审核标准。米读审核团队每天24:00前会总结当天的《书籍上架问题整理汇总》，上报给内安委研究。内安委结合这些审核实务中的疑点难点，及时给予意见指导，并定期完善审核细则。

（三）加强从业人员培训

一是提高网站从业人员专业学习要求。要求编辑、审核中的未持证人员参加出版专业技术人员职业资格考试，并组织员工参与出版专业技术职业培训。推荐编审团队核心骨干参加主管部门、协会等组织的相关培训。

二是围绕重点问题，开展专题培训。围绕历史虚无主义重点难点，邀请复旦大学专家为审核团队开展了"如何识别历史虚无主义"专题培训。

米读小说将紧紧围绕党和国家工作大局，紧扣高质量发展总体要求、使命责任，规范自身建设，为网络文学行业健康发展贡献自身力量。

一、旗下网站介绍

北京大麦中金科技有限公司旗下有香网（www.xiang5.com）和天地中文网（www.tiandizw.com）两个文学网站品牌。

公司的网络文学业务自2011年始，历经了11年的发展，至今累积了网络文学版权10000多部，优质作品若干，其中有部分作品获得了国家的各种奖励。同时，公司拥有武侠名家温瑞安、梁羽生、古龙等IP授权，温瑞安的《说英雄谁是英雄》《四大名捕》《神州奇侠》系列版权的影视和游戏的改编权、梁羽生《七剑下天山》《白发魔女传》《萍踪侠影录》《塞外奇侠传》《散花女侠》等十几部优质版权的影视和游戏改编也由公司来运营。公司的大量版权被改编成了各种各样的衍生形态，如漫画、有声小说、电视剧、网络大电影、网络动画、网络游戏、实体出版等类型作品，是业内网络文学改编样式最多、品类最齐全、改编成绩最好的文化企业之一。

二、运营模式

北京大麦中金科技有限公司在母公司优质IP资源的基础上，对IP进行动漫改编、游戏改编、影视改编等全产业链开发，目前已经上线的作品有《恶魔少爷别吻我》《新拳老枪贺年》等。

公司拥有业内最优良的精英团队，汇聚了来自全国各地著名高校的专业人才，拥有一支充满朝气的，覆盖文学、影视、游戏等领域的专业内容运营和营销团队。公司始终贯彻"先做人后做事"的思想，用尊重作者、尊重读者、尊重市场的心态，以独特的市场触觉和视角，深入了解读者的市场需求，快速找准自己的市场定位和目标受众，大力扶持原创作品，打造出一大批热门的原创动漫、动画作品。

（一）有声小说改编作品

迄今为止，改编成有声小说的作品逾1000部。这些作品大部分都仍然在线，每年为公司获得不错的经济效益的同时，也在传递正能量，传播中华文化。

（二）网络大电影改编作品

迄今为止，改编成网络大电影的作品逾10部（公司投资与主投主控项目叠加在一起）。其中比较知名的有基于香网作家芥沫作品《天才小毒妃》改编的《芸汐传之毒蛊新娘》，基于天地中文网作品《捉鬼灵异见闻》改编的同名网络大电影，基于《七剑下天山》改编的同名网络大电影四部曲，基于《楚留香传奇》改编的《楚留香传奇之大沙漠》《楚留香传奇之画眉鸟》《楚留香传奇之铁血飘香》等，基于《白发魔女传》改编的同名网络大电影三部曲，基于天地中文网同名作品改编的《东渡降魔》《叶问》《狄仁杰之幽冥道》等，都取得了丰硕的商业成果。

（三）电视剧改编作品

迄今为止，改编成电视剧的作品接近100部（已上线20余部，待播十几部，其余仍在不断开发中）。比较知名的有：

基于香网作家芥沫作品《天才小毒妃》改编的《芸汐传》，2018年暑期上线爱奇艺，为爱奇艺2018年播放量前三作品。

基于香网作家锦夏末作品《恶魔少爷别吻我》改编的同名网剧共四季，分别于2017年、2019年上线腾讯视频，总播放量突破50亿，为当年腾讯视频播放量前三作品。

基于香网作家云起莫离作品《金牌甜妻》改编的《亲爱的柠檬精先生》，于2021年上线优酷，分账票房5800万元，为优酷2021年播放量收入排名第一的作品，分账剧票房冠军。

基于香网作家拈花拂柳作品《闪婚总裁契约妻》改编的《只是结婚的关系》为2021年腾讯视频播放量前三作品，分账剧票房冠军。

基于香网作家宁雨沉作品《校草来袭：神经丫头有点甜》改编的《扑通扑通喜欢你》为爱奇艺2020年播放量前三作品，分账剧票房冠军。

基于香网作家明月西作品《总裁误宠替身甜妻》改编的《终于轮到我恋爱了》为2022年爱奇艺暑期播放量及票房第一作品。

基于温瑞安同名作品改编的《说英雄谁是英雄》，2022年上半年上线腾讯视频，为同期播放量前十作品。

待播作品中比较知名的有《亲爱的帕蒂娅》《月上心辰》《恶魔少爷别吻我》《不平等宠爱条约》《结婚吧》《只是离婚的关系》《珠圆玉润也倾城》等。

（四）网络游戏改编作品

基于公司版权改编的网络游戏作品有手游《楚留香传奇》《七剑下天山》《说英雄谁是英雄》《芸汐传》等。

（五）实体出版作品

基于公司版权改编的实体出版作品有《芸汐传奇》（原名《天才小毒妃》）及《白蛇疾闻录》《选天录》《秦墟》《蜀山异闻录》《星坟》等10余部，创造了不错的经济效益。

（六）"二次元＋"业务

基于公司自有的10000部版权，公司的"二次元＋"业务包含网络漫画改编业务、动态漫画改编业务以及漫画出海业务三个版块。

1.网络漫画改编业务

公司自有版权改编成网络漫画的作品逾200部，比较知名的有《万人之上》《开局就无敌》《万古龙神》《娇女毒妃》《至尊神魔》《金牌甜妻》《恶魔少爷别吻我》《天才小毒妃》《扶摇直上》《奴家减个肥》《九霄帝神》《闪婚总裁契约妻》《全能高手》《一品高手》等。

2.动态漫画改编业务

基于公司自有小说及漫画版权，公司于2019年启动了动态漫画业务，取得了很不错的经济效益。《九霄帝神》目前上线第一季和第二季，第三季待播。《全能高手》《一品高手》《万古龙神》《神厨狂后》目前均上线第一季，第二季待播。

新开发的动态漫画待播项目有《开局就无敌》《万人之上》《开局强吻裂口女》《金牌甜妻》等多部或多季作品。

3.漫画出海业务

基于公司的漫画版权作品，公司于2020年启动了漫画出海业务，将自有漫画翻译成韩文、日文、英文等，输出到海外，取得了丰厚回报，并将中华文化传播到了海外。部分作品在韩国Kakao、Naver，日本Piccoma等平台表现优异，深得海外用户好评。

三、内容领域

（一）出版质量

公司一贯坚持社会主义先进文化前进方向，倡导弘扬社会主义核心价值观，注重作品价值引导、精神引领、审美启迪等方面的作用，并大力出版主旋律、正能量作品，坚决杜绝签约作品有错误导向性问题。公司严格执行助理编辑初审、责任编辑二审、主编三审、分管副总裁抽审的"四审"制度，确保稿件质量。

在文学价值和文化传承方面，公司积极出版思想性、艺术性和可读性有机统一的精品佳作，力争传承和弘扬中华优秀传统文化。作品整体具有较高文学水平和艺术价值，能够较好地满足人民群众的精神文化需求。

（二）传播能力

截至2021年6月，我司两大网文平台合计驻站作者总数超过53000人，作品总量超过28000部，网站注册用户总数达到560万，日均IP访问量超过30万。从网站建站伊始，相关运营工作就秉承践行社会主义核心价值观、弘扬真善美、传播正能量的运营理念，重点推介文学内涵与艺术审美都较高的作品，不刻意迎合市场需求，平台首页、栏目设置、排行榜设置均有专门运营编辑严格把关，作品宣传推广围绕主旋律、正能量的作品重点展开。网站坚决杜绝虚假宣传、夸大宣传，和以不诚信手段等误导读者、诱导消费的情形发生，同时不断加强对网站评论区的管理，设置专门客服人员对用户评论进行审核监管，避免出现不良言论。

（三）内容创新

公司自有平台香网主要从事女性方向的原创网文的签约创作，天地中文网主要从事男性方向的原创网文的签约创作。在作品题材方面，公司签约作品涵盖青春校园、都市现实、职场、历史等各类题材。编辑团队非常重视作品内容的丰富性和主题的多样化；严格审核，避免出现同类题材的作品内容雷同、抄袭模仿、千篇一律等同质化现象。公司具有非常强的原创作品生产能力，亦能有效保证作品体裁、形式、风格、叙事方式各具特色，保证作品的创新性。另外，公司网站也会视情况组织不同类型原创作品的征文活动，保证各类重点题材的作品数量和质量。

（四）公司内部治理完善

公司建立了完备的编辑责任制度、作者/读者服务制度、作品及版权管理制度，现有编辑人员37人，其中含内容分管副总裁1人、总编2人、主编4人、责任编辑20人，能够很好地保障日常工作的顺利执行。为保证公司编辑团队的稳定和编辑个人的不断成长，公司建立了良好的人才引进和人才培养机制，要求全体编辑人员每年按期参加相关岗位培训，并鼓励新人参加编辑资格考试，对通过考试的编辑，公司在外派培训、调薪、升职及长期激励方面给予一定的政策倾斜，并会给予金额固定的一次性奖励。通过多种措施正向激励编辑队伍的不断成长和壮大。

（五）社会和文化影响

截至2020年底，公司各类作品累计获得各类奖项10余种。

2017年北京市向读者推荐优秀网络文学原创作品：《飞行女医生：云巅之上》。

2017年度十大数字阅读项目（第四届中国数字阅读大会）：运河文化原创网络文学项目（《运河魂》《运河青云梦》《北洋秘闻》）。

2017年度十大数字阅读作品（第四届中国数字阅读大会）："望古神话"系列作品（《望古神话之秦墟》《望古神话之白蛇疾闻录》《望古神话之蜀山异闻录》《望古神话之星坟》《望古神话之选天录》）。

2018年北京影视出版创作基金优秀数字出版物项目：《飞行女医生：云巅之上》《运河魂》《运河青云梦》《望古神话之秦墟》。

2018年北京市向读者推荐优秀网络文学原创作品：《运河青云梦》《北洋秘闻》。

2020年北京宣传文化引导基金资助项目：《潮浪》。

2021年中国作家协会重点作品扶持项目：《说说心里话》。

这些作品无论是在弘扬正能量还是在弘扬中国传统文化方面，都堪称市场同类作品中的精品之作。

截至2022年12月，公司原创作品出版纸质图书累计30部、版权改编电影累计20部、版权改编电视剧累计20部、版权改编游戏累计10部、版权改编动漫累计100部、版权对外输出100部、版权改编有声作品超过500部。2021年，公司发力开拓海外市场，加快版权的海外输出和合作。

近年来，公司一直致力于"文化传承＋经典赋新"的探索与实践。2018年，博易创为旗下"望古神话"世界观项目不断发声，为诠释传统文化内涵，加码文化赋能能力等，承担了一个文化企业该有的文化职责与社会责任，为推动中国文创产业的发展贡献了一份力量。

2018年4月，中国青年网发表文章《第四届中国数字阅读大会举行，数字阅读青年用户超2.8亿》，"望古神话"登榜第四届中国数字阅读大会，弘扬传统文化义不容辞。

2018年6月，《中国文化报》报道《网络文学为中国传统文化插翅"出海"》中提到，"望古神话"植根于中国传统文化，以立体化、体系化、集群式的IP运营体系，结合中式英雄设定和作家脑洞，使曾经各自为营的网生文化同传统文化有了首次相融。

2018年9月，人民网发表文章《〈望古神话·天选者〉动画首曝光，打造本土文化精品》中指出，"望古神话"的系列原创动画片《望古神话·天选者》将中国的传统人文精神、道德规范、思想观念等融入二次元动画片中，讲述中国传统的师徒、传承、规矩和为理想奋斗的中式人文哲学，将中国传统文化同国际化的二次元动画做深度连接，向世界展示中国独有的文化内涵。

此外，"望古神话"世界观项目作为国内首个中式平行世界观作品，一经上市便引起了国内各界专家学者的关注。北京社科院文学所助理研究员、首都网络文化发展中心副主任徐苗苗，中国艺术研究院马克思主义文艺理论研究所当代文艺批评中心主任孙家山，中国作家协会网络文学研究院副院长肖惊鸿等均发表相关评论文章。

更为重要的是，作为国内头部的原创网络文学孵化平台，公司旗下香网、天地中文网目前共计储备优质原创文学作品数万部，内容涵盖职场励志、现实观照、系列年代作品等，过半数的文学作品均能达到收藏量过百万、关注量过千万的数据成绩。

四、公司未来工作开展

（一）内容方面

提升优质内容产出，加强现实题材内容创作。除了引导作者将正确的价值观融入各类作品中，还会鼓励作者多创作符合正确价值观、有正能量的现实题材作品。此外，还会开展现实题材创作的评选活动，激励作者自发创作此类作品。

内容榜单完全由人工控制，上榜作品必须是有正确价值观和正能量的作品。

内容审查严格，除了发文时系统自动审查外，内容释出前还需要编辑人工审核，保证内容的安全性。

（二）人才培育方面

加强编辑和作者正确的价值观建设，每月都将开展一次针对编辑和作者的深度培训会。培训会的主要内容除了加强作者创作上的安全意识，在创作初期从思想上杜绝触及安全线外，也会和作者讨论作品的内在价值观，指导作者创作一些更符合当下价值观、传播正能量的作品。提升编辑自身素质，把引导作者创作的作用发挥到极致的同时，加强审核工作，定期跟进作者的创作，确保不存在质量和安全问题后，再更新到网站上，且每上传一章，都必须通过敏感词机审和编辑人工审核。除此之外，还会建立作者培训基地，定期举办培训会，加强作者和编辑的面对面沟通。

（三）技术方面

本公司的网站为用户构建功能强大、使用灵活的互动设计、交易信息、信息服务、沟通交流平台。系统地实现采用各种基于开放标准的信息技术及符合国际工业标准的软、硬件产品。软件开发采用微软先进的软件工程方法和面向对象的机构化程序设计方法。

公司网络建设采取严密的安全保障措施，有防火墙、入侵检测、安全认证、物理安全防护及备份机制的保护，确保数据的安全与备份，并能够抵抗病毒及其他非法攻击。公司反病毒和反间谍软件安全数据包全部采用正版软件，并保持实时更新，可以识别最新的病毒及攻击特征。同时，数据的传输也能够得到保障。网络装置安全的防火墙和网络杀毒系统，备份电路设计，及时响应系统维护，高性能网络设计，充分保障网络畅通。

后续会加快敏感词更新频率，优化机审机制，建立多重审核，每半月一次全站审查。

（四）管理方面

公司结合现阶段和未来阶段的发展趋势和业务实际情况，重新规划公司发展计划、制定目标，并完善公司的各项规章制度，明确每个员工的工作职责。建立一种良好的激励制度，让公司的每个员工能够在履行职责的基础上主动发挥自己的才能。

加强公司内部服务管理，规范经营行为，对客户服务人员进行严格的岗前培训。时刻提醒业务员要规范文明用语，热情解答客户提出的问题。客服人员在遇到暂时无法解答的问题时要做好记录，及时将信息反馈给相应负责人员，并针对此问题进行跟踪，保证在规定时限内及时回复客户。

一、旗下网站介绍

吾里文化于2015年初成立，是一家集内容创作、IP开发、影视、游戏、动漫、新媒体娱乐等多版块业务布局的泛娱乐文化企业。

旗下以时阅文学网（www.timeread.com）、栀子欢文学网（www.zhizihuan.com）、武力恒幻中文网（www.henghuan.net.cn）、粉瓣儿文学网（www.fenbaner.com）、迷鹿有书文学网（www.milubook.com）、鹿糖故事（www.lutang.cn）六大原创阅读网站为内容支撑平台。

以"wuli微娱"自媒体矩阵为线上分发、粉丝积累、内容营销平台。以吾里影业为IP创作、挖掘、包装、营销等专业化优质IP孵化模式，逐步向产业链上下游渗透，从而构建集内容创作、内容分发、IP开发、影视输出与制作、游戏、漫画、新媒体娱乐等多版块业务布局的全新文化生态结构。

吾里文化已签约作者3000余位，全版权作品储备5000余部，并与数十家知名影视公司、近30家第三方渠道达成深度战略合作。

二、运营模式

（一）全方位了解合作方

为有的放矢地提高匹配效率，对影视合作方公司类型要深入了解和钻研，想尽一切办法收集公司资料，做到比对方更了解对方公司。

线上通过网络收集该公司全部资料，对其历史作品、未播作品进行风格总结。同时对其主创团队的主要成员进行调查，包括其偏好类型，擅长风格等皆有所掌握。

线下通过行业内部渠道及人脉，了解该公司最新投资意向及资本动态，做最全面的资料收集。

（二）建立联系，初步沟通

与影视公司建立良好的沟通，对其需求有一手掌握，从而为其甄选适合的作品题材及风格，是合作流程中至关重要的步骤。

因影视公司分布在全国各地，为节约沟通成本，初步沟通多数是以线上为第一步。通过微博、微信等渠道获得合作方负责人的联系方式，介绍公司，给对方留下第一印象。同时在谈判中透露对对方公司的认可及定位，建立初步信任，方便在线下面谈时提升谈判效率。通过沟通，进一步了解合作方近期的投资项目需求，从题材类型到作品风格等详细记录，将关键词放大，以备甄选作品时作为方向指导。

（三）甄选作品，优化影视策划案

在了解影视公司需求之后，甄选作品同样有着技巧性和专业性。从质量到数量上，皆有系统规划。

1.选作品

在作品的选择上，商务将与编辑强强联手。由商务提供合作方需求，由编辑做IP作品推荐。将适合的作品分门别类做备选，之后由编辑部全体编辑做项目评分，为该影视公司量身定制出S/A/B级三档位作品。

2.定数量

为突出重点，一次性提供作品不宜超过12本，作品S/A/B级三档位占比为3：5：2。这样既保证本次推荐突出头部作品，又保证二轮投稿时依然有S级作品出现，为公司创造后续机会。

3.优化作品资料

在选定推荐作品之后，由编辑团队根据商务反馈的影视方需求，对作品大纲、亮点等进行修改，将影视公司提到的关键词，提升到影视策划案的核心地位，做到重点突出，符合命题。

三、内容领域

（一）IP内容偏好

IP衍生市场有其自身限制与偏好，所需内容题材类型因此各有不同。

1.影视

台播电视剧内容涵盖广泛，现实类题材如都市言情、都市职场、家庭伦理、军旅抗战等皆有固定观影群体。此外，古代言情、历史剧、仙侠也有一定需求。

网剧目标观众更为低龄，内容题材多为青春校园、都市言情、都市奇幻、古代言情等。风格上更为轻松，甜宠欢萌类居多。

院线电影及网络大电影，因电影体量较小，比较注重故事短小精悍而具有完整性，时间跨度不宜太大，加之多为大制作，在效果上也有一定追求。比较常见的类型为探险类、奇幻类、悬疑类、都市言情、青春校园等。

2.动漫

动漫市场所需IP内容多为迎合低龄观众，热血类动漫多为男性向IP作品改编，如异世界、运动竞技等取材；恋爱类动漫多为女性向IP作品改编，多为青春校园、都市奇幻等。

3.游戏

游戏市场更注重IP的影响力，多为高人气大IP作品。内容上多以符合游戏本身为要求，异能、战斗等必不可少。而剧情恋爱向游戏，需主角多，剧情内容丰富，古代及现代言情，后宫、总裁等元素颇多。

（二）女性IP优势

出于对IP衍生市场的考量，女性IP以其独有的特点和女性受众群体的高参与度，在竞争中具有更大的优势。而主营女性IP的吾里文化，在此类型作品的运营上更为专业，是最重要的竞争利器。

1.特点

女性IP多为主线与感情线并举，在故事呈现上拥有更大的可观性。情感细腻而复杂，代入感更强。这一特点在影视市场中尤为突出。吾里文化女性向作品在收稿之初就非常注重双线并举的节奏把控及情节安排，做到每一本都精益求精，绝不顾此失彼，是质量的保证。

不仅如此，吾里文化女性IP类型更加广泛，从都市言情到家庭伦理，从古代言情到现代奇幻，都有所涉猎。能满足衍生市场多样化的需求，且题材更贴近现实，让读者观众有更好的代入感。

此外，吾里文化女性IP在体量上更灵活，故事可大可小，篇幅可长可短，小故事也能见大格局，大作品也有小情怀。大存量，才能配合各种体量的市场要求。

2.受众

女性IP因其创作特点，读者群体皆为女性。而众所周知，无论是粉丝效应还是经济创造力，女性群体绝对是社会主流。女性读者群体拥有自发宣传的能力，她们愿意花更多的精力在自己喜欢的事物上面，并且有口口相传的习惯，推拥出爆款之作。特别是在影视市场中，女性观众占绝大多数，她们拥有更好的观影习惯，并愿意为周边产品买单。在经济创造力上，拥有绝对优势。如此一来，无论是作品本身的收视率，还是造星能力，皆更易达到理想之效，实为事半功倍的成功捷径。吾里文化精准定位女性群体为目标读者，从作品内容本身，到衍生版权策划，都着重考虑女性读者，以100%迎合其喜好，从懂女性开始，打造专属服务。

四、重要作家和代表作品

（一）重要作家

木子喵喵：当红青春作家，荣登第11届作家榜第48位。代表作《竹马钢琴师》《竹马翻译官》《泽木而栖》《致朝与暮》《我在你的世界，下落不明》《一起写我们的结局》《心向往之》《尤尤我心》等。

张芮涵：中国作家协会会员，鲁迅文学院第二十一届网络文学作家高级研修班毕业生，获第三届辽宁网络文学"金桅杆"奖新人奖。代表作《大旗袍师》《回不去的远方》《钦天监里有咸鱼》《在残酷的世界里骄傲地活着》等。

雨微醺：作家、编剧，已出版10余部长篇小说，常年在《花火》《看小说》等杂志撰稿，4部影视IP版权出售；参与国漫《空气侠》编剧，爱奇艺播放量近千万。其作品以华丽细腻著称，从故事框架到行文都透着一股浑厚和婉约的气质，笔调浑然天成，深受读者喜爱。

茹若：代表作《聚光灯下，请微笑》《炮灰天后》《尾戒》，曾多次获得华语言情大赛奖项。

（二）获得奖项

《匠心之四艺堂》荣获2017年首届大神之路创作大赛妙笔生花奖，入选2018年第21届上海国际电影节文学IP创投会百强，入选2019年中国"网络文学＋"大会十大影响力IP、北京宣传文化引导基金优秀网络出版项目及北京市向读者推荐优秀网络文学原创作品。

《大旗袍师》入选2019年北京宣传文化引导基金优秀网络出版项目、中国"网络文学＋"大会十大影响力IP、中国超级潜力IP评选TOP 10（网文类）优秀IP，入选2020年北京市向读者推荐优秀网络文学原创作品。

《七微克蔚蓝》入选2018年金海鸥新媒体影视IP百强榜单及2019年北京市向读者推荐优秀网络文学原创作品。

《我的铲屎官女友》入选2020年中国"网络文学＋"大会优秀网络文学作品名单，《淡抹浓妆》入选优秀网络IP作品名单。

《职场妈咪图鉴》获批2020年度浙江省网络作家协会原创作品扶持。

《别想打扰我学习》荣获2020年第二届泛华文网络文学"金键盘"奖都市幻想类奖项。

《七十米荣耀》荣获2020年第三届"金熊猫"网络文学奖最具时代精神奖。

《死士》入选2017年上海国际电影节原创文学官方推选作品30强及2019年宁波市镇海区文艺精品项目。

《回不去的远方》获批2021年中国作家协会"人类命运共同体"主题重点作品扶持，入围第三届辽宁网络文学"金桅杆"奖。

《研究者也》（又名《柳叶刀与野玫瑰》）获批2021年中国作家协会"科技创新与科幻"主题网络文学重点作品扶持。

《皇叔请吃药》改编网剧《亲爱的药王大人》荣获爱奇艺世界大会2020—2021年度会员最i奖。

《回不去的远方》《百货全盛时代》《淡抹浓妆》《七微克蔚蓝》入选2022年"喜迎二十大"优秀网络文学作品联展。

五、签约机制

（一）善用选题表，精准定位作品

选题表是编辑根据一部作品需要呈现的方方面面来制定的，包括作品大纲、人设、题材、亮点、主题等信息。在收到作者稿件时，安排指导其填报，如QQ作者群的群通告及邮箱自动回复等方式，并配有专门人员进行答疑解惑，保证每一位作者都能顺利完成。

选题表的作用，一是帮助作者清晰梳理作品脉络。在收稿之初，经常会遇到作者碍于自身的局限性，对于作品只是有一个初步的构想，提笔便开始创作。故事没有完整的大纲，出场人物没有明确的作用定位，不顾及故事亮点。正是由于缺少最初的筹划，作品在创作过程中才会毫无逻辑，一盘散沙。选题表恰好解决了这些问题，作者通过填写，便于梳理一遍作品，让其对自己的故事更加运筹帷幄。

二是提高编辑工作效率。当编辑拿到一篇稿件时，若只有洋洋洒洒几万字的样稿，是不能宏观地对作品进行判断的。唯有大纲、人设等方面信息完整，编辑才能看清作者的创作主旨，特别是选题。而作者总结的故事亮点，也同样给编辑以启发，对编辑的思维进行来自创作者的补充。

（二）编辑团轮流打分，避免主观性偏差

在收到作者提交来的作品选题表后，编辑团根据选题表中的信息，衡量其小说领域的文学性及影视等版权市场的导向性，来进行满分100分的打分。编辑团每位成员轮流打分，去掉最高分与最低分之后取平均分定位作品评分。评分85分以上作品列入签约备选，60分以上作品列入留档查看，60分以下作品进行退稿处理。

（三）召开选题会，整合修改建议

IP作品经过编辑团轮流打分，进行汇总，每周召开一次选题会，针对签约备选作品，编辑们头脑风暴，集思广益。

IP作品，就网络小说领域的优势便是及时根据读者反馈进行修改与推进，颠覆了传统出版类文学作品远离读者、曲高和寡的弊端。而编辑正是要起到同样的作用，站在作者、读者、版权方三位一体的角度，对作品给予指导。

评分85分以上的作品，编辑们逐一发言阐述优缺点及改进方向，从故事情节发展到人物塑造，以及大主线与感情线的安排，都提出自己专业性的意见及建议，并由会议记录人员完整记录，会后整理出单独文档，由编辑反馈给作者，与作者进行深入探讨，进而修改出第二轮选题表，交于主编复审。

评分60分以上的作品，较之85分档作品而言，在故事脉络及人物设定等方面是存在着明显不足，但这不代表这些作品没有其明显优势。选题会上就这些作品的优势亮点进行讨论，若为市场亟需选题，编辑们则提供改善性建议，可亲自操刀帮助作者撰写新大纲等。待与作者达成共识，复审后进入第一梯队，若最终呈现仍不尽如人意，便记录其作品亮点后进行退稿。

六、激励创作的举措

作者在选题表中明确写出意向价格及分成比例，并提供此前签约其他平台的稿费标准证明。编辑团在选题会上对作者及作品进行稿费分级，并根据其作品在市场的受欢迎程度，和作者在业内的稿费水平，进行预估。可下调浮动为20%，利用营销宣传等资源来进行稿费降价置换。与作者进行讨论后，拟定价格，交于主编复审定夺。

目前公司采购IP作品，签约模式大体可分为三类：保底分成、纯分成、买断。

保底分成是作者们比较容易接受的签约类型。采购模式为预付金，按每千字稿费计算。当全版权输出取得收益后，扣除掉保底预付金，剩余部分再与作者进行分成。

纯分成是对公司比较有利的一种签约模式，在成本上规避了风险。没有预付款稿费的支付，作品是待售出版权和产生订阅稿费后方才结算。

买断作品为一次性支付稿费，此后该作品所创作的所有版权及其他收益皆归公司所有，无须与作者分成。但由于全版权收益归为公司，总价通常略高于保底预付金稿费。

天下书盟

一、旗下网站介绍

北京天下书盟文化传媒股份有限公司（以下简称"天下书盟"）成立于2003年，原名为北京天下书盟文化发展有限公司，是一家致力于宣传和弘扬传统文化的民营企业。旗下天下书盟小说网（www.fbook.net）成立于2003年初，是中国最资深、版权资源最厚重的原创小说网站之一。公司于2015年3月完成股份制改造，注册资本1000万元。

公司现已形成了以IP为中心、"一体两翼"的业务运营发展模式："一体"为新媒体天下书盟网，"两翼"为数字出版和图书出版，是实现数字出版和图书出版良好互动的运营基地之一。

天下书盟具备思路清晰、品种齐全、门类丰富、特色鲜明、效益明显的数字产品和服务模式，与近6000名作者签约并保持长期的合作关系，其中知名作家包括龙人、打眼、谢荣鹏、瑞根、亦客、罗晓、夏言冰等。与公司签约的优质IP作品逾3000部，其中拥有纸媒出版、影视、游戏、漫画、有声读物改编权的全版权作品有1000多部，其余近1000部作品，公司均拥有上述使用形式的优先使用权。

在IP衍生产品开发业务方面，公司与国内多家公司建立了良好的版权合作关系，成为多个影视公司产业链的重要环节，着力孵化开发打造原创文学精品IP。

目前公司将IP孵化打造作为未来发展的重大战略方向，着力IP孵化在图书出版、数字出版和衍生产品开发三个方向进行布局。

二、运营模式

（一）核心商务模式

以天下书盟网新媒体为核心和基础的技术平台，以数字出版和图书出版为业务主导，以相关衍生产品（主要为影视剧、游戏）开发为拓展方向，业已形成三大业务平台，分别是以数字版权转让为主形成的图书策划、编辑、销售平台，为电子付费阅读打造的电子图书数字出版销售平台，及为电影、游戏、动漫等衍生产品提供优质IP内容版权的营销平台。

（二）经营策略

1.一体两翼，内容先行

公司作为文化创意产业，内容是核心，是根本。公司重视内容的多层次、多种类开发和利用，在重视精品内容的同时，注重资源的汇集，在海量内容的基础上筛选优质内容，复合使用；精品内容注重版权衍生品开发。构建以内容为核心的强大引擎，推动公司发展。天下书盟致力于打造一个完整的自有IP生态圈，包括纸质图书出版、数字阅读、有声读物、影视、游戏、主题公园等完整的IP生态系统。

2.三足鼎立，优化布局

在图书出版方面，主抓优质原创文学IP孵化；在数字出版方面，在促进数字阅读领域收入快速提升的同时拓展新业务，开发手机教育类产品和手机阅读客户端产品；在衍生产品开发方面，将以打造优质IP为主，为电影电视制片商和动漫游戏开发商提供优质版权和改编权，适当涉足联合制作、投资开发影漫游产品。

（三）核心竞争力

公司经过多年发展，在IP衍生孵化和运营方面积累了大量的经验、渠道，逐步形成了公司的核心竞争力，即IP孵化和运营能力。

1.内容优化能力

公司的核心竞争力表现在具有选择优秀内容的能力和对内容进行优化的能力，这是文化创意产业的核心能力。

2.IP运营能力

（1）数字出版

公司除了与运营商有阅读业务的合作，还与QQ阅读、掌阅、亚马逊（Kindle）、阿里巴巴、小米移动等十几家互联网阅读平台建立了合作关系。目前正在着力开发自有内容平台半桃文学网（www.bantaowenxue.com），是专注于女频内容生产、传播、交易的内容平台。

（2）图书发行

公司具备全覆盖销售体系，包括全国民营图书市场、全国新华书店市场（包括浙江、江苏、四川文轩、北京、广东等39家）、全国电商（包括当当、京东、卓越、天猫、文轩网、博库网等）、全国机场及高铁站图书门店（包括北京、上海、广州、深圳等）、商超（包括新华文轩、海之源、尚品汇德等7家，含3000多家门店）、专渠市场、天猫淘宝、馆配（包括98家民营馆配商及5家出口馆配商市场）等。

（3）影视、游戏、动漫等衍生品运营

公司现已授权改编的影视作品有《洪荒天子》《天龙策》《卿清和她的沉默先生》《沉默深海里的列车》《黄金瞳》等。

《魔兽战神》从2015年1月28日开始连载至2017年8月3日结束，全文字数678万。仅天下书盟一个网站的点击量就有1.2亿次，总推荐1326440，鲜花榜2992856，投票榜1326440，全网总点击达到3亿次以上。各大阅读平台同时在线阅读人数高达100万以上，位居移动咪咕阅读幻想精品榜第1名、新锐榜第3名、原创作品总畅销榜第9名，及百度搜索小说风云榜第36名。

三、内容领域

天下书盟从创办之初，一直秉持着"创作在天下，书香飘万家"的理念，以传播优秀的内容、丰富人民精神生活为己任，十数年来不改初心。目前网站内容题材多样，为了方便管理，所有作品在大方向上分为网站原创小说、网站出版图书、名家专区三大类别。

（一）网站原创小说分类

男频：玄幻、奇幻、武侠、仙侠、都市、异能、游戏、体育、科幻、刑侦、探险、军事、历史、现实。

女频：青春、古代言情、现代言情、穿越、纯爱、同人、悬疑、灵异、轻小说、仙侠、幻想、竞技。

（二）网站出版图书分类

爱国教育、青春校园、婚恋家庭、职场励志、官场财经、都市言情、娱乐时尚、健康饮食、军史乡土、人物传记、玄幻奇侠、悬疑推理、恐怖科幻、儿童教育、综合其他、社科心理、经典文学名著。

（三）榜单设置

天下书盟网榜单按作品数据设有小说点击排行榜、畅销小说排行榜、完本小说排行榜、连载小说排行榜、小说收藏排行榜、小说字数排行榜以及各小说分类的排行榜。

网站另设多个版块展示作品，由编辑去设置每个版块展示哪些作品，比如本周强推、总编推荐、出版精品、男频小说推荐、女频小说推荐等。

四、重要作家和代表作品

龙人：本名蔡雷平，著名玄幻武侠作家，祖籍浙江温州。他于1983年开始致力于武侠小说创作，著有《龙腾记》《玄功邪佛》《武圣门》《玄兵破魔》《独战天涯》《目破心经》《铸剑江湖》《战族传说》《玄武天下》《魔鹰记》《洪荒天子》《奇门风云》《战神之路》《正邪天下》《灭绝江湖》《封神双龙传》《灭秦》《霸汉》《无双七绝》《乱世猎人》《魔兽战神》《苍穹武神》《战神征天录》等。

20世纪90年代中后期，龙人以一部逾200万字的新派武侠巨著《乱世猎人》横空出世，不但刷新了内地武侠小说的长篇字数记录，更以集众家之长的精髓写法、古今结合的人物刻画、悬疑推理的情节构思，将沉寂已久的内地武侠小说推向了一个新境界。

如果说《乱世猎人》仅是龙人的一个创新尝试，那么长篇玄幻武侠小说《洪荒天子》的诞生，则奠定了其内地武侠第一人的地位，也是内地唯一可与港台五大宗师并驾齐驱的武侠大家。龙人的辉煌，全面盖过港台武侠小说的畅销量，更预示着内地新武侠主导时代的来临，无疑确定了龙人对内地武侠小说界所做出的卓越贡献。

另有《灭秦》入选2015年向首都读者推荐优秀网络文学作品名单，《封神绝》（又名《封神双龙传》）入选2017年向首都读者推荐优秀网络文学作品名单。

罗晓：著名作家，鲁迅文学院培训学员，天下书盟金牌作家。原名丁道兵，湖北恩施人，已创作2000多万字，出版作品数十册，在大陆和台湾地区销量均超百万册。近年的畅销作品有《黄金手》《淘宝笔记》《摸金传人》等。

反腐作品《纪委书记》为作者数十年人生阅历之感悟，对当今现实之观察，笔锋所向，发人深省。入选2016年向首都读者推荐优秀网络文学作品名单，获北京宣传文化引导基金资助，2018年获北京市朝阳区创意产业发展引导基金支持。

翟鹏延：山西人，"85后"财务工作人员。擅长都市、谍战、金融等多个领域小说创作，代表作有《守夜人》《掠风者》《蓝色风蕴》《金融太上皇》等，创作总字数超过800万。其中，《通惠河工》是最贴近普通百姓的温情佳作，将亲情、爱情揉到三代人对大运河的深厚浓情中，以回忆、叙述的方式讲述发生在运河边的感人故事。作品2017年入选"大运河文化"主题网络文学重点选题孵化项目名单，2018年入选向首都读者推荐优秀网络文学作品名单。

五、签约机制

作品签约有作者投稿与编辑邀稿两种模式。

网站作者的主要收益来源分为线上VIP付费订阅收益和线下作品改编的版权收益。

六、激励创作的举措

网站激励作者的措施有：编辑辅助创作、安排推荐位、数字阅读第三方合作、开发IP版权等。

为鼓励新作者，网站设置了签约奖、全勤奖、季度奖、完本续约奖、版权衍生奖、无限增值奖、保底买断奖等。

七、内容团队建设

公司拥有最专业的核心内容团队，核心内容编辑皆是从业五年以上的业内资深编辑，带出过多本渠道畅销书，以开发优质内容为目标，致力于打造集网络文学、出版、影视、漫画、游戏等于一体的泛娱乐文化产业。

公司还拥有极为出色的有声小说录制发行团队，行业经验和行业资源非常丰富，有声产出内容在喜马拉雅、番茄畅听等各大渠道霸榜，成绩极其优异，好评无数，是国内数一数二的有声优质内容合作方。

酷匠网

一、网站介绍

酷匠网（www.kujiang.com）建立于2013年9月，经过近十年的努力与发展，已具有一定的规模及实力，现拥有一支优秀的团队，在职人员超百人。有完善的编辑及技术研发团队，驻站作品超10万部，自主版权作品超万部，注册会员超千万人。

二、运营模式

（一）网站运营模式

自营APP：首发新书——新书更新章节24小时内是封印状态，粉丝可以众筹立即解封，解封金额5~50元（根据用户数量系统自动确定）。

搭建SAAS系统：从自媒体上挖掘客户，直接触达2C用户。

分销渠道：将作品版权授权给其他平台，与渠道分成结算。

（二）IP转换

影视：主要有《佣兵的战争》《佣兵的战争2》《人盾》《超时空猎杀》《我是女特警》等，《佣兵的战争》曾获爱奇艺网络电影当月票房冠军。

网络剧：《奈何债主不好当》《奈何公主不好惹》即将上线。

三、内容领域

内容整体呈现多样化趋势，传统网文、新媒体文，或是新型脑洞题材爆款文、优质女频爆款文等都是站内发展重点。

站内题材有玄幻、都市、校园、灵异、仙侠、网游、武侠、奇幻、科幻、军事、历史、体育、二次元、出版、短篇等。主要设置人气榜、飙升榜、推荐榜、更新榜、酷匠Top榜、主编力荐榜、热门精选榜、风向标榜、潜力好书榜、猜你喜欢榜等多个榜单，帮助用户找准喜好的同时也能够最大限度激励作者创作。

四、重要作家和代表作品

（一）公司签约作者队伍

肥胖的可乐：中国作家协会会员，山东省网络作家协会会员，擅长历史题材小说创作。代表作《锦衣镇山河》《胶东往事》。

百世经纶：中国作家协会会员，北京作家协会理事，北京网络文学委员会委员，北京新的社会阶层人士联谊会常务理事，橙瓜码字"网络文学薪火计划"网文学堂第1期荣誉讲师。当代玄幻、修真、仙侠小说作家中的代表人物，著名的宇宙星空流作家。代表作《冬日里的微光》《逆行者》。

莫贤：知名作家，编剧。中国作家协会会员，广东省作家协会会员，广东省网络作家协会理事，湖南省网络作家协会会员，广东省小作家协会导师团文学导师，广东省文学艺术界第八次联合会代表，鲁迅文学院高级研修班学员，网络大神作家，移动和阅读认证名家。于2006年开始写作，已创作2000多万字的长篇小说，作品有十几亿点击，曾居百度搜索前六，百度指数靠前。《文艺报》《中国青年报》《读者》《羊城晚报》《广东文坛》《湛江日报》《湛江晚报》及湛江电视台都对其做过宣传报道。代表作《非常时期》。

雨魔：著名网文大神，少儿类型文学作家。以宠兽题材在网文、少儿文学界独树一帜，文字健康向上，热血励志。笔下生花千万字，实体书销量过500万册。中国作家协会会员，江苏省作家协会主席团委员，江苏省网络作家协会副主席，南京市网络作家协会主席。三江学院受聘教授，东南大学文化艺术导师，南京杰出青年协会第五届成长导师团导师，南京市十佳青年英才，江苏省首批紫金文化艺术人才，第二批南京市百名优秀文化人才。代表作《少年，1927》。

月光码头：又名棠花落，江苏省作家协会会员，江苏省网络作家协会会员，中汇影视签约编剧，潇湘书院金牌作者，云起书院大神作者，七猫免费小说大神作者。已出版数本简繁体小说，音频和漫画版权售出多部，数本作品在各大平台热销，均定过万，点击过亿。

本命红楼：中国作家协会会员，鲁迅文学院第十六期网络文学作家培训班成员，江苏省作家协会会员，淮安市青年文艺家协会副主席，淮安市网络作家协会副秘书长，涟水县作家协会副主席，江苏省作家协会第八届签约作家，2017、2019、2020年度淮安市文联签约作者，曾获淮安市培养文艺名家打造精品名作工程扶持。代表作《风华时代》。

（二）网站作品获奖情况

《锦衣镇山河》入围2019年中国"网络文学＋"大会"传承"篇章年度十大影响力IP。

《胶东往事》入选2021年中国作家协会"时代先锋"主题网络文学重点作品扶持项目，荣获"庆祝中国共产党成立100周年"网络文学主题征文大赛优秀奖及扬子江网络文学原创作品大赛最佳年度主题奖。

《逆行者》《向疫线出发》《非常时期》分获"看见温暖"全国征文大赛一、二、三等奖。

《少年，1927》荣获2021年"庆祝中国共产党成立100周年"网络文学主题征文大赛二等奖及扬子江网络文学原创作品大赛二等奖。

《风华时代》入选2022年中国作家协会"新时代山乡巨变"主题重点作品扶持项目。

五、签约机制

酷匠网与作者签约共有三种模式，分别是保底签约、买断签约和精品分成签约。

保底签约：根据作者前文质量，给予作者每千字的固定稿费，以发布到酷匠网站上的字数乘以稿费价格结算。保底签约会给作家提供优越的基础保障，这种签约方式也更适合有一定创作能力的作者群体。除此之外，优质保底签约的作者收入超过保底后，还享有本站净收益分成和渠道净收益分成。

买断签约：酷匠网以每千字固定稿费价格买断一本书的收益，后续该书授权第三方产生的收益，作者不参与分配。

分成签约：泛指纯订阅收入、版权收入，由网站与作者双方按照当初签订合同约定的比例进行分成。作者的稿费，完全由其作品产生的收益决定。

六、激励创作的举措

酷匠网设置全勤分成签约方式，根据内容质量可以获得不同程度千字奖励，还享有高比例分成、完本续签计划、造神衍生计划等优厚福利。参与全勤分成的作品，成绩优异者，将有机会享受全文提价奖励。

为激励作者创作，设置潜力培养金、创作助力奖、完本续签奖。作品满50万字即可申请内部测试评定，根据评定等级可以获得对应的潜力培养金激励。作品按照当月更新字数，并满足月初总字数与月均24小时单章阅读人数条件，申请相应的创作助力奖补贴奖励。作品完本字数50万以上，新书在本站续签者，根据老作品字数享受最高3000元的续签奖。

除此之外，站内也设有恶魔果实榜、新书恶魔果实榜等多重福利，并且不断更新，以鼓励新老作者并不断创作优质作品。

七、内容团队建设

（一）组建核心层

内容团队负责人2006年开始从事网文行业，拥有15年以上的网络文学从业经验，本人及带领团队成功指导、挖掘了一大批叫好叫座的优秀作者与作品。至今已培养出多名优秀主编，从实习编辑、转正编辑、编辑组长，直至主编，是我们从0到1自主培养的核心管理干部，入职时间长达3—8年。

（二）培养团队

第一，要求团队成员有学习心态。网络文学是一个内容更新迭代速度非常快的行业，若不时刻保持学习，很容易就会被淘汰。同时，网络文学还是一个自我学习能力很强的行业，影视、动漫、有声以及各种网络和社会新兴文化都是网络文学学习的对象。若不了解，就很难跟得上网文发展，甚至会错失很多优秀作品，要时刻保持新内容阅读习惯。

第二，要求团队成员熟悉各类文化产品，尤其是在网络文学已经与下游影视、动漫、有声等共同构成内容产业生态的当下，熟悉相应的产品已经成为"刚需"。

第三，要有责任感，任何违背主流价值观的内容都不可能有长远发展。内容的导向固然可以用制度约束，但更多还是靠执行者的自觉。有了担当精神，才能引导广大网络作家创作更多正能量的精品力作。

（三）培训体系

网站成立"小酷培训班"，定期组织专业内容和政策法规培训，组织学习党史。通过培训学习，不断提高团队责任意识和担当精神，增强政治意识、精品意识，强化行业自律，提高编审水平。同时不断优化编辑审核机制，杜绝问题作品上线，推进网络文学质量提升。

一、网站介绍

奇迹文学（www.qijizuopin.com）创立于2018年，是知名听书APP喜马拉雅FM旗下的原创文学网。业务以内容生产、合作版权引入、衍生版权改编为主，包含奇迹文学APP、PC端及WAP端。致力于汇聚优质作品、打造精品阅读，为广大作者和读者提供一个优质而纯粹的写作、阅读平台。

奇迹文学关注原创文学，依托于内容生产，进行数字内容阅读、数字内容传播、衍生版权改编等一体化的全版权运营。着力实现作品的多维度渠道曝光，让更多的人通过不同的泛娱乐方式关注到网站的作品。

二、内容领域

目前奇迹文学共有签约作品2600部，驻站作品9500部，其中男频作品占比60%，女频作品占比40%。拥有宁航一、君不贱、风尘散人、黑色栀锁、骑马钓鱼、浪高三尺三等多位业内大神作家。

依托于喜马拉雅优势品类（悬疑、搞笑、都市、言情），奇迹文学签约可听可看的全版权特色网文，孵化出的代表性作品有《我的老千江湖》《老弟，作妖呢》《天字第一当》《我给孟婆当小弟》《嫡女娇妃》等，播放量过千万作品近千部。除电子、有声外，改编为其他衍生版权（动漫、游戏、短剧、网络大电影、网剧、出版等）300余部，内容涵盖了现代言情、古代言情、都市幻想、玄幻仙侠、惊悚悬疑、游戏二次元等当下流行题材，完成喜马拉雅从作者、作品签约到有声、影视等多形式开发的完整生态闭环。

三、重要作家和代表作品

宁航一： 知名悬疑作家，影视编剧。中国作家协会会员，巴金文学院签约作家，世界华语悬疑文学大赛评委。1999年至今一直从事悬疑、推理、惊悚类小说创作，已出版简体中文长篇小说14本，繁体中文长篇小说10本。多部作品被翻译为英语、日语、越南语等多种语言远销海外，全球总销量超300万册。

代表作《必须犯规的游戏·重启》讲述十四个因为各种原因欠下巨额债务、走到绝境的人都收到了一条神秘的短信，告知他们只要参加某个特殊的游戏，就有获得一亿元巨款的机会。这几乎是他们人生翻盘的唯一机会，于是，十四人纷纷按照指示来到指定地点，被软禁在一个密闭场所内。主办者通过录音宣布了游戏规则：每人每天晚上轮流讲一个恐怖故事，有人专门负责记录，而后发布在网站上，由网友们给每个故事打分，并计算平均分。得分最高并且在十四天后仍然活着的那个人就是获胜者，将赢得一亿元的奖金。

君不贱： 国内顶尖悬疑作家，当前网络小说界最具影响力和代表性的写手之一，其想象力超绝，行文如天马行空，超脱不羁，文风细腻，笔力恢弘。代表作《我当方士那些年》开创历史玄幻悬疑先河，随后又创作《探简介灵笔录》《入地眼》《死神的哈士奇》《不良引》《风声鹤唳》等，在网络上受到广大读者的热烈推崇。

任纹： 国内知名畅销作家，曾签约多部作品，接受美国《时代周刊》采访，分享中国网络文学创作心得。已出版长篇小说《蔷薇魅惑》《当心！浣熊出没》《紫莲山庄》《萌动之森1：雪地精灵伶鼬》《萌动之森2：绿野灵宠加菲猫》等。

代表作《我家娘子有妙方》的主人公苏芷香致力于推广平价药，建立古代贫民的医疗体系，上至太医署，下至悲田养病坊，全景式展现了一个落魄药贩子的刻骨蜕变。

四、签约机制

目前奇迹文学共有一键签、分成签、保底分成、买断四种不同的签约模式可供作者选择。

五、激励创作的举措

为了激励作者，奇迹文学也发布了多种多样的福利机制，除了各家网站均有的全勤奖外，针对新作者，奇迹文学设置了新书签约奖，每一部与本站独家签约全版权的新作，可获得喜马拉雅VIP季卡1张。同时，还有区别于各家的爆更奖，日更字数达到8000字或10000字，当日可获得现金爆更奖励。

六、内容团队建设

目前奇迹文学编辑团队共有8人，分为男频4人、女频3人以及IP向1人。团队中既有来自业内的资深人士，也有初出茅庐的职场新手，共同致力于挖掘所有优质或具有潜力的作品，让它们绽放出应有的光彩，同时为每个正在为理想而坚持奋斗的作者筑成文学梦。让每一个文字创作的梦想都能够在现实的土壤扎根是网站始终的追求。

凤凰网书城

一、发展历程

2014年3月，凤凰网书城频道（yc.ifeng.com）上线，原创作者平台上线，布局网络文学。

2015年3月，成立凤凰互娱公司。5月，成为中国移动旗下咪咕文化公司的首批战略合作伙伴之一。10月，签约作家1000余人。

2016年3月，拓展PC/H5多流量入口。6月，签约网文作家2000余人。10月，凤凰网动漫频道上线。11月，凤凰书城APP Android版1.0上线。

2017年5月，翻阅小说APP iOS版1.0上线。8月，承办首届中国"网络文学＋"大会暨IP交易大会。11月，原创IP《京杭之恋》入选"大运河文化"主题网络文学作品选题重点孵化项目。

2018年1月，原创IP《糖婚》入选2017年优秀网络文学原创作品名单。6月，联合中国人民大学开展青年作家养成计划。8月，原创漫画IP《文物苑》入选2018年"原动力"中国原创动漫出版扶持计划。9月，承办第二届中国"网络文学＋"大会IP交易峰会，同时升级"翻阅"品牌，正式发布IP全版权运营战略。12月，凤凰新媒体战略投资塔读文学。

2019年1月，"翻阅小说"上线有声频道。5月，作为北京展区企业代表出席第十五届深圳文博会。8月，承办第三届中国"网络文学＋"大会IP生态文娱峰会；推出原创创作平台和金牌合伙人计划，深度扶持中腰部创作者、新手创作者。10月，承办2019年北京市向读者推荐优秀网络文学原创作品发布活动，原创IP《长城守卫者》《夕阳警事》入选。12月，入选网络文学企业特殊管理股试点单位之一。

2020年1月，凤凰网书城作家蒋离子荣获第二届茅盾文学新人奖·网络文学新人奖。2月，凤凰网书城向中华慈善总会捐款100万元，用于医疗物资及其他必要配置；加入疫情防控"＋我一个"行动，上线免费阅读专区，为全网读者提供优质读物；携手签约作家参与"战疫有我，传递文学正能量"活动，录制祝福视频致敬英雄；举办"同舟共济，战疫有我"征文活动，致敬最美逆行者，传递正能量。4月，《黄檗向春生》《你是我的万能药》入选中国数字阅读大会IP潜力价值榜；蒋离子《糖婚：人间慢步》入选中国作家协会重点作品扶持项目。7月，作为金鸡百花电影节首届海峡两岸青年短片季的IP孵化合作平台，同步开启短片征集。8月，参展上海国际电影电视节国际影视云市场及第十届北京国际电影节云上北京市场，推介精品现实题材IP。

2021年3月，受邀参与第28届北京电视节目交易会。4月，《糖婚：人间慢步》《我们的火红年代》入选第七届中国数字阅读大会年度IP潜力价值榜及第24届上海国际电影节IP影视开发大会。5月，与山东影视制作股份有限公司达成战略合作。6月，受邀参与第24届上海国际电影节IP影视开发大会。10月，《盛宴》入选第五届中国"网络文学＋"大会优秀网络文学作品。

2022年3月，受邀参加第29届北京电视节目交易会。4月，参加北京阅读季。11月，受邀参加第30届北京电视节目交易会。

二、运营模式

凤凰网书城以原创文学IP为核心，立足于现实主义题材，打造"传统文化＋""都市职场＋""青春校园＋"等现实题材，孵化精品现实题材IP作品，是全版权、跨平台的优质IP内容提供商。以原创IP为基础，深入挖掘衍生版权，涉及影视版权出售开发、短剧制作、漫画、有声作品。

凤凰网书城全面开拓原创IP转化，以影视版权、短剧、漫画、有声作品为主。《你栖息在我心上》《当冬日渐暖》等已成功授出影视版权。《四年一生》《一纸契约》由原创IP改编成短剧在优酷、快手播出，深受观众喜欢；《一纸契约》同名漫画位列掌阅漫画人气榜第10名，微博动漫收藏榜第14名、畅销榜第23名。《往后余生喜欢你》位列微博动漫新作榜第15名，有妖气新作榜第27名。由公司出品的有声作品在喜马拉雅平台收听量破千万。

三、内容领域

凤凰网书城拥有签约作家3000余位、全版权文学作品3000多部，涵盖现实题材、都市职场、历史传统、玄幻、现代言情、古代言情等类型。为了读者拥有更好的阅读体验，设置了畅销榜、新书榜、人气榜、追读榜、收藏榜、推荐票榜、完本榜。

四、重要作家和代表作品

笔龙胆：凤凰网书城签约作者，浙江省网络作家协会会员，湖州市作家协会会员及主席团成员。代表作《商途》以1995年至今的互联网经济发展史为背景，塑造了一位具有技术背景、商业头脑，为人正直、情系百姓，坚韧有为，将个人的事业发展和商业行为融入到国家发展、民族复兴事业中去的年轻创业者、投资者、金融家韩峰，是2018年中国作家协会重点作品扶持项目。

蒋离子：自由撰稿人，民盟盟员，中国作家协会会员，浙江省青年联合会委员，丽水市作家协会副主席，丽水市网络作家协会主席。2005年开始从事网络文学创作，先后创作《婚迷不醒》《糖婚》《半城》《老妈有喜》《小伉俪》《听见你沉默》等作品，多部作品授出影视版权。曾获茅盾文学新人奖·网络文学新人奖，作品连续两度获国家新闻出版署和中国作家协会联合推优，及网络文学双年奖、网络文学"金键盘"奖、中国十大数字阅读作品等荣誉。代表作《糖婚：人间慢步》以民办教育和在线教育为背景，讲述了两位女性创业者横跨14年的成长励志故事，是2020年中国作家协会重点作品扶持项目。

童童：江苏省作家协会会员，编剧，凤凰网书城签约作家。2006年开始从事网络文学创作，长期占据新浪风云榜、销售榜前三，腾讯收藏榜前十，中国移动读书榜前十。至今累计共创作千余万字，擅长青春纯爱、都市言情、热血校园。十余年笔耕不辍，有固定庞大书友群支持。累计出版简体、繁体言情小说38册，影视改编7部，动漫、有声、游戏均有若干改编作品。代表作《大茶商》2020年入选优秀现实题材和历史题材网络文学出版工程，2022年入选新时代十年百部中国网络文学作品增补目录。

周飞：作家、编剧。参与编剧中组部重点剧集《生命的承诺》及在央视一套黄金档播出的《岁岁年年柿柿红》，之后，跟随高满堂、尚敬、文隽等老师学习，参与编剧多部现实题材影视剧。代表作《我们的火红年代》是献礼建党100周年的佳作，用以小见大的手法讲述一个智商永远"未满18岁"的女人的成长、创业故事，展现国家在改革开放40年来的飞速发展历程，以及繁荣富强的美好景象，入围2021年优秀现实题材和历史题材网络文学出版工程。

五、签约机制

责编找作者约稿或作者投稿至责编邮箱，42小时之内责编会回复能否签约。

六、激励创作的举措

独家分成作品，在入V且总字数达到15万后，连续三个自然月内，每月更新达到12万～18万字，可以享受三个自然月内，每月600～800元补贴。该补贴可与全勤奖一同享受，并且是在分成款项之外，额外补贴给作者的，不从分成金额里扣。

责编也会亲自跟文，指导新作者写文，帮作者提升对内容的把控。

七、内容团队建设

凤凰网书城内容团队实行主编负责制，分为签约、运营等小团队。签约责编都是业内资深编辑，在行业内深耕多年，对内容有着深度的理解和自己的见解。运营编辑负责对签约内容进行运营，回收市场数据及用户反馈。

有完善的审核机制，主编从签约起就开始把关，责编也会每天跟文，有集团统一管理的内容审核团队。

一、旗下网站介绍

半壁江中文网（www.banbijiang.com）成立于2010年，是国内文化领域规模大、流量高、品牌影响力大的垂直门户网站，权重PR高达7，包括资讯、短篇、时尚、笑话、读书、小说（独立明月阁小说网）、作家和论坛八大频道。在新书推荐阅读、影剧评、动漫产业新闻、深度、原创小说和社会评论等领域具备不错的影响力，有自己的独特品牌地位。

成立于2010年7月的明月阁小说网（www.mingyuege.com）是网络文学原创行业俱乐部——网络文学俱乐部30家创始站之一，成立起点非常高，是国内知名原创小说站之一，经过多年精心运营规划，并借助网络文学俱乐部在文学小说行业内的巨大影响力，目前明月阁已经具备了较强的品牌价值，并在都市小说、言情小说、校园小说、悬疑小说和玄幻小说中具备一定影响力。

二、运营模式

维持百度新闻源的文化媒体地位，与105家现有合作出版机构建立半壁江读书网VIP分成阅读，形成自身云阅读平台。推进影视快报评分系统商业化进程、半壁江艺术网的上线运行及半壁江旅游网（北京旅游重点频道）的上线运行。

三、内容领域

半壁江中文网目前有文艺评论、民族文化生活和奢品风尚三个栏目，及艺术家和艺术品资源，形成了独特的艺术品资讯平台。目前，半壁江中文网艺术类文库拥有文章1200余篇，驻站艺术类作者超过200人，代理经纪超过50位艺术家。

半壁江中文网目前还有驴行天下频道、写景文章栏目，以及《北京旅游》杂志的内容，形成了独特的旅游资讯平台。目前，半壁江中文网旅游类文库拥有文章6200余篇，驻站旅游类作者超过2500人。公司拥有540期《北京旅游》版权资源及超过1000位相关作者资源。

四、签约机制

充分根据市场竞价情况和具体作者知名度给予对等的合同条款。

五、激励创作的举措

从首页排位、流量推荐、媒体宣传三个方面来激励和鼓励新作者。

六、内容团队建设

2013年开始，陆续引进网络文学业界资深人士、半壁江中文网和明月阁小说网创始人，有多年原创文学运营经验的资深编辑，移动阅读业界资深人士，拥有10年以上衍生版权合作工作经验的专业人士等16人，形成了有效的运营团队，做到网络出版行业的厚积薄发。

一、网站介绍

汉王科技从2010年上市以来，着力打造汉王电纸书用户的内容资源平台汉王书城（www.hwebook.cn），投入巨大的人力、物力、财力，先后与300多家知名出版社、报社和杂志社签订内容合作协议，分别引进十几万册图书资源、几十种报纸资源和上百种杂志资源，用户可以通过网站和汉王电纸书下载阅读。

汉王科技一直高举数字领域的正版大旗，在数字领域不断探索前行。随着电纸书从最初年销售百万台到现在年销售数十万台，数字内容资源的投入规模也在逐渐萎缩，由最初十几万册图书到目前的数万册，公司的侧重点现在转化为着力打造精品数字资源，为汉王电纸书用户服务。

二、运营模式

汉王书城主要为汉王电纸书、电纸本等墨水屏硬件设备用户服务，运营模式相对单一，包括用户付费下载收入、线下推广收入等。

三、内容领域

汉王书城是一个在线文学平台，内容主要涵盖图书、报纸等，图书品类以小说为主，包括玄幻、科幻、言情、历史、悬疑等题材。

汉王书城还设有各种榜单，如人气榜、下载榜、评论榜和收藏榜，以便用户更好地了解热门作品和推荐阅读作品。

总体来说，汉王书城作为一个全面的文学平台，提供了多样化的内容以满足读者不同的阅读需求，并且以良好的阅读体验和便捷的操作体验赢得了大量读者的青睐。

四、重要作家和代表作品

主要有陈武（苏连）《转正》；吴长青（常青）《破局》；姚远浩（元昊）《都市祥云》；孟津（天蓝蓝）《兄弟同心》；代海龙《梦想国旗》；顾七兮《爱转角遇见了谁》；刘行光《靠人不如靠己，靠人脉不如靠实力》《中国古代：七大宰相就是会掌权》《江湖风云黄金荣》《马云：一路这样走来》等。

五、签约机制

汉王书城与作者签约有一套鼓励和支持创作的机制，目的是通过提供作者丰富的创作环境、优质的平台服务和合理的报酬，来促使作者创作出更多更好的作品。

首先，作者需要提交自己的作品到网站，并经编辑审核。如果作品被审核通过，网站会与作者签订一份作者协议，并为作者提供一系列的服务，包括内容编辑、宣传推广、版权保护等。同时，作者也可以从书城官网销售获得相应的报酬。

六、激励创作的举措

阅读激励：汉王书城利用自己的硬件设备，为作者提供了广泛的读者群，并通过不同的推广渠道来提高作品的阅读量，从而激励作者创作更多更好的作品。

报酬激励：汉王书城通过与作者签订协议，向作者提供合理的报酬，以表示对作者的支持和鼓励。

新作者鼓励办法：汉王书城特别关注新作者的成长，并采取了多种方式来鼓励他们创作。例如举办新作者专场活动，让新作者展示自己的作品；编辑还经常与新作者进行一对一沟通，帮助他们提高创作水平。

七、内容团队建设

汉王书城内容团队共计8名编辑，主要从内容、制度方面确保汉王书城资源的准确无误。为了使汉王引进的各种资源正规化、制度化、准确化，让用户读到最优质的资源，制定了相应的流程及制度。

（一）编审程序

一般情况下，编审按以下流程顺序进行：版权人员交回资源—资源登记—初选—初审—复审—终审—上线—运营人员抽查。

版权人员交回资源前会确保资源的合法性，从根源上杜绝盗版资源出现在汉王书城。

（二）信息安全保障制度

汉王电纸书作为汉王数字资源的硬件设备，考虑到数字资源的安全性和私密性，对于用户购买下载的数字资源，设计了"一机一密"的资源策略，用户下载资源时绑定了用户设备的16位设备id号。

汉王书城的服务器使用阿里云托管服务，相关服务器承诺会始终存放在中国境内。

■作客文学网■

一、网站介绍

杭州作客文化传媒有限公司旗下作客文学网（www.zuok.cn）成立于2014年，是集创作、阅读、版权运营于一体的大型原创阅读平台。作客文学网提供正版玄幻、仙侠、都市、历史、军事、奇幻、武侠、科幻、游戏、同人小说在线阅读。

目前，网站主营无线阅读，致力于挖掘新锐作家，聚集自身专业资源，包装推广潜力作者，为其创造一个开放、诚信、便捷的中国原创文学综合阅读平台。

二、运营模式

不同于以往原创网站的福利体系，作客文学网从作者角度出发，根据作者的实际情况，专门制定了一套全新的作家福利体系，其中就包括多样化的签约方式：纯分成签约、VIP签约、买断签约、保底签约、分成转买断、买断转纯分成或转保底、代运营签约等。

除了三大无线平台外，网站还拥有自己的无线平台多点阅读，针对每一位签约作者，给予专业的创作指导和完善的运营包装。

多年来，网站实现了多种形式的IP转化。图书出版方面，已与中国作家出版集团及浙江、山西、广东、湖南各省共10余家出版集团，包括浙江摄影出版社、杭州出版社、陕西太白文艺出版社、北京燕山出版社、国防工业出版社在内的30余家出版社达成合作。而数字图书则合作了三大运营商数字书城、腾讯书城等各类品牌书城。

同时，公司拥有专业的游戏开发及运营团队，并与联梦科技、腾讯游戏、盛大游戏、广州谷得游戏先后开展了游戏开发合作。动漫作品改编方面亦有自建团队，并联合明日科技等国内知名公司挖掘优秀动漫题材剧本。除此之外，还延伸出了挂件、贴画等传统工艺品的开发。

三、内容领域

网站与作者签约主要有买断、保底、VIP分成、新人扶持、非独家、代运营、委托创作等方式，共签约作品1523部。其中，买断签约470部，保底签约504部，VIP分成签约431部，新人扶持签约14部，非独家签约88部，代运营签约2部，委托创作签约14部。

网站总共存在3个榜单，分别是人气榜、男频勤更榜和女频勤更榜。

四、重要作家和代表作品

蜗牛狂奔，代表作《无上神帝》《神道帝尊》。
林冰炎，代表作《绝世妖神》。
雪纵马，代表作《战神为婿》。
墨大先生，代表作《阴阳刺青师》。
乘风赏月，代表作《都市巅峰狂少》。

五、激励创作的举措

自2021年起，网文的风口变化速度加剧，读者群体的年龄层偏低龄化，想法天马行空，剧情的节奏加快。针对以上情况，网站做出调整，根据渠道特色、人群特征，有针对性地开始创新，满足读者的喜好，收获了一大批新读者。

针对人群所做的创新主要有（迪化流、女帝流、签到流、吞噬流）脑洞玄幻文，架空历史类系统文，（神豪、恋爱、爱国、文娱）脑洞都市文，（重生、创业、情感）情绪流都市文，洪荒世界等。

（一）作者的培育和开发

作客文学打造全网首个以诚信、透明、公正为原则设立的完整的经纪人运营体系，面向作者提供一站式版权发行解决方案。通过版权经纪人服务、自助式版权服务，作者可通过作客文学零距离实现版权发行、挖掘。

1.双方互选

作者与经纪人双向鉴定，六大签约模式，助力找到最合适的合作伙伴。

2.合作共赢

作客经纪人与作者利益同体，真正对作品负责，深度挖掘作品价值，提升作者能力，打造优质IP品牌。

3.透明公开

作客经纪人与作者做到信息共享，账单透明，全数据公开，真正透析运营推广过程。

4.专业运营

作客文学拥有专业的运营团队，更有以经纪人马首是瞻的强大运营资源；为作者量身打造运营推广策略，做到小奉献大盈利，用实力证明专业。

5.人性化团队

摈弃制式运营的冰冷，打造专属精英模式，真正沟通无碍，运营精准周到。

（二）推荐位机制

当签约作品达到规定字数时，可享受全渠道推广，包括番茄、咪咕、腾讯、点众、网易云、黑岩、手百、书旗、掌阅、搜狗、塔读、连尚、红豆、疯读、必看、追书神器、青果、当当、奇热、宜搜、熊猫、畅读、中文在线、爱奇艺等。

当作品达到相关字数，经纪人会与作者沟通排期上推荐，包括但不限于优先获得番茄、咪咕、点众、网易云阅读、QQ阅读、手百等推荐位置。

（三）版权孵化

当作品达到100万字时可申请有声版权延伸，作品成绩突出者可申请漫画影视改编。

（四）培训计划

所有签约作者均有机会参加全国作家培训（获得毕业证书），成绩突出者可申请每年一次的鲁迅文学院以及井冈山培训（可获得文学证书）。

六、内容团队建设

绾若：女频金牌经纪人，具有丰富的行业经验，熟悉图书内容市场风向，擅长古言女强、宅斗宫斗、女频灵异等热门题材。能做到从内容创作到包装、出版发行以及衍生产品的全方位一体化运营，能更全面地培养潜力作者，打造作者知名度。

2012年进入网文圈，参与爱读文学网的筹建，担任签约编辑，接入咪咕阅读。

2013年12月加盟作客文学网，参与作客文学网内容平台搭建，担任女频主编以及咪咕接口人，后转为金牌经纪人，致力于作者培养和网站建设，成功打造出《重生财女很嚣张》《总裁老公追上门》《嫡女弃后》等作品。

冬炎：男频金牌经纪人，善于为新锐都市作者找准定位，并进行内容和创作方向指导，打造出原创精品。能够全方位包装签约作者，提升作品影响度和笔名价值，全面提高作者的创作实力和稿酬收入，已成功打造出《直播我在乡村当奶爸》《战神为婿》《豪门傻婿》《开局挖到一吨黄金》等作品。

▣掌中云▣

一、旗下网站介绍

福州掌中云科技有限公司成立于2017年，总部位于福建福州，同时分别在杭州、南京、上海、香港等地设立子公司，现有员工300多人，旗下网站为掌中云文学（wenxue.zhangzhongyun.com）。公司专注于数字阅读产业，在国内新媒体领域位列前二，现已签约海内外作者数万名，并引进海量高质量网络文学作品，为全球数亿用户提供高品质的文学内容和智能化的阅读体验。荣获国家高新技术企业、福建省未来"独角兽"创新企业、福建省重点上市后备企业、第四届福建省最具成长性文化企业、福州市软件业龙头企业、鼓楼区功勋企业、鼓楼区先进基层党组织等多项荣誉称号，位列2021年中国互联网成长型企业第7名、福建省互联网企业10强、2021年福建省互联网最具成长型企业第1名及福建战略性新兴产业企业90强，累计获得软件著作权及商标等知识产权百余项。

二、发展历程

2017年，项目启动。

2018年，投资原创文学，坚持原创孵化，成立原创内容团队。

2019年，深耕国内市场，布局海外业务。

2020年，注重打造品牌。

2021年，全面执行平台化战略，孵化多个业务版块。

2022年，打造专业化团队。

三、运营模式

签约后的作品通过测试筛选，淘汰成绩不好的作品，成绩合格的作品到达一定字数后通过内部平台投放引流，以及授权给第三方合作网站获取版权分成收入。

四、内容领域

（一）出版质量

自成立以来，一直重视站内作品的出版质量，坚持"先审后发"原则，对于漠视公序良俗、道德规范，违背正确人生观、价值观、伦理观、道德观的作品，一律不予发布。

坚持社会主义先进文化前进方向，大力出版主旋律、正能量的作品。未来将会采取更积极的措施去引导内容创作，制作更多主旋律高昂、正能量突出的作品，更积极地参与各地正能量征文比赛，努力弘扬社会主义核心价值观，尊重历史，注重作品价值引导、精神引领，发挥审美启迪等方面的作用。

站内作品文字使用均符合《出版物汉字使用管理规定》等相关规定，作品封面符合作品思想内容且有专门的美工及审核人员审核作品名称、作者笔名等相关信息，确保封面设计不存在差错。

后台管理条目清晰，作品链接、作者署名、对应责编、更新状态、简介、作品类型、字数等，都能在后台很清晰地查阅。

首页推荐栏目全部经过三审后人工设置，最醒目的推荐位都给了抗疫等正能量作品。

（二）传播能力

网站已经取消了销售榜、点击榜等榜单，所有榜单由人工预审。

网站首屏推荐版块使用较大版面去推广主旋律、正能量的优秀现实题材作品，并积极参与征文比赛，为主旋律、正能量作品提供更多流量，引导读者读好书。

网站不开放评论功能。

（三）内容创新

1.丰富性和多样化

注重内容丰富性、主题多样化。截至目前，后台设有现代修真、游戏小说、修真仙侠、情感短篇、灵异鬼怪、青春校园、幻想言情、都市异能、刑侦推理、竞技小说、科幻未来、鬼夫灵异、世间百态、现代都市、热血玄幻、铁血军事、历史架空、古代言情、现代言情、总裁豪门、西方幻想共21个类型，基本涵盖了现有网络文学的题材与类型。

对于抄袭行为，坚持零容忍的态度，维护原创作者的权益，促进原创网络文学市场的和谐发展。站内作品一旦被查出抄袭，相应的责任编辑与作者都会受到处罚，抄袭作品直接下架处理。

2.创造性和个性化

鼓励编辑与作者探索新的题材，鼓励编辑不限题材与类型收书，支持作者在创作上发挥自己的特色，在符合相关政策的前提下，给作者更多的创作自由，调动作者创作活力。

五、重要作家和代表作品

在日常征稿中，十分看重作品的文化价值和文化传承，多年来采取各种积极措施，鼓励作者创作具有较高文学水平和艺术价值的、传承和弘扬中华优秀传统文化的作品。为响应政府号召，近年来还制作了《最美江苏》《后青春的我们》等弘扬社会主旋律的现实主义作品。

六、签约机制

编辑负责审稿，挖掘、激发作者的写作潜力，以固定稿酬或者流水分成的模式与作者进行签约。通过提供创意、制作、公关等支持与投资等方式的深度介入，力争做到原创作品的制作与开发，将站内优秀的作品打造成潜力无限的超级IP。

七、激励创作的举措

双重提价计划：自签约作品上架之日起，每日新增章节字数不低于4000字，月更新不低于12万字，无断更，无抄袭，即可享受两次提价机会以及丰厚的奖金。

激励更新奖：连载且当月无断更（每日都有更新），无抄袭，无灌水作品，可获得一定奖励。

八、内容团队建设

实行总编负责制，由总编带领编辑委员会对原创内容负责。具体部门职责如下：

总经办：统筹公司发展方向，保证公司各部门合理有序的工作。

三方运营部：将公司孵化的原创作品版权授权给第三方渠道进行运营。

编辑部：筛选优秀、符合大众审美的原创网络文学作品。

综合部：负责办理公司的行政工作，及各类资质申报，优秀员工招聘。

豆瓣阅读

一、发展历程

豆瓣阅读（read.douban.com）是豆瓣旗下文学平台，2012年上线，2015年9月注册成立业务运营实体北京方舟阅读科技有限公司。2017年底，豆瓣阅读作为豆瓣集团子公司分拆，完成6000万元人民币的A轮融资。2018年起，方舟公司开始独立运营，2020年实现盈亏平衡，2021年实现盈利。

二、运营模式

在IP版权运营方面，平台也取得了不错的成绩。2018年至2021年，平台授出影视改编权的作品达103部，其中已有《小敏家》《消失的孩子》等5部剧集播出；授权有声出版137部；授权纸书出版75部。

三、重要作家和代表作品

截至2022年底，驻站作者（至少有一部仍在架的作品）5万余人，其中签约作者（至少有一部在架签约作品）1万余人。作品总量8万余部，其中签约作品2万余部。注册用户总数超过3000万，付费用户总数近600万。

作品授权出版纸书151部，代表作品有：伊北《小敏家》、叶眉《两个人的晚餐》、迈可贴《渔猎》、柳翠虎《装腔启示录》、雨楼清歌《天下刀宗》、不明眼《寂静证词》、贝客邦《海葵》、弋舟《空巢：我在这世上太孤独》、郭沛文《冷雨》、朱一叶《吃麻雀的少女》、班宇《冬泳》、自然《白事会》。

作品授出影视改编权148部，已播出的作品有：电视剧《消失的孩子》（湖南卫视和芒果TV播出），《幸福二重奏》（央视八套和芒果TV播出），《小敏家》（湖南卫视和优酷播出）；网剧《平行迷途》（优酷播出），《女孩们在那年夏天》（优酷播出）。

2015年至2019年，豆瓣阅读连续5年共7部作品入选北京市向读者推荐优秀网络文学原创作品名单，分别是伊北《六姊妹》，叶眉《两个人的晚餐》，坦克手贝吉塔《盘锦豹子》，翼走《追逐太阳的男人》，孙恬《香草海》，陆禾《北京青春》及米周《南下打工记》。

四、签约机制

在原创作品独家签约的基础上，还会针对重点和潜力作者，采取全勤约、部头约、保底约、新人约等多样形式。

五、激励创作的举措

作为网络文学行业的后入者，题材创新和作者培育是豆瓣阅读业务转型的必然选择。平台通过精心策划的征文活动，大力征集新作品，鼓励和培育新作者。4年来，平台共举办了4届长篇拉力赛和4次主题征稿，在言情、女性、悬疑、幻想等主打类型题材上突破创新，通过丰富多样的主题设计，引导和激励作者参与创作，并尤其鼓励新人新作，每届大赛皆着力突出新人奖和潜力作品奖。

长篇拉力赛于每年4月开赛，报名作者须在100天内完成连载。4届拉力赛共收到作者投稿16000多部，吸引26万读者报名成为读者评委。每届大赛还会邀请6家影视公司和4家出版公司作为观察团参与评选，最终评选出《纸港》《粉色野心家》《装腔启示录》《天下刀宗》等71部获奖作品。平台在举办拉力赛的间隙，通过4次主题征稿收到4000部作品投稿，由编辑部和特邀合作方选出12部获奖作品。

公司目前经营状况良好，商业模式清晰，在线付费阅读与版权代理运营相结合，原创文学类型以女性言情和悬疑幻想为主打，以形式丰富的征文大赛活动吸引和激励新作者创作，目标是成为有特色的优质原创网络文学平台。

未来，平台将继续改善网络写作产品的使用体验，继续发展网络文学创作的新类型和新方向，培育有新意的网络文学作品，为作者提供专业的写作服务和版权运营服务，并连接起读者与市场，打造一个蓬勃发展的写作平台和阅读社区。

六、内容团队建设

网站编辑队伍由公司负责人兼任总编辑，原创编辑、版权编辑、运营编辑、审核编辑四个部门团队共同组成。原创编辑组主要负责原创作品的审读、推荐、签约及作者资源维护；版权编辑组主要负责原创作品的版权代理，包括电子书分发、纸书出版授权、影视改编授权、有声改编授权等；运营编辑组主要负责原创作品在站内外各渠道的推广；审核编辑组主要负责原创作品的内容审核。

一、旗下网站介绍

北京中作华文数字传媒股份有限公司是由中国作家出版集团、作家出版社共同投资成立的从事图书数字出版的公司，旗下拥有新蜂中文网（www.newbeebook.com）、一米网（www.yimiwang.com）等大型原创小说网站。

中作华文坚持打造原创文学精品，为华语网络文学在文化传承、文学创作和创新上发挥核心价值。使命是为每位作者的文字创作提供全方位的服务，并致力于将作品推广到所有的平台、媒体，使每本作品能够发光、发亮，推进网络文学向主流化方向发展。

二、发展历程

北京中作华文数字传媒股份有限公司成立于2011年，于2015年底引入了文娱创投领域著名基金华映资本，运营更加商业化。公司在北京、天津、上海、杭州、江西等地成立分公司，旨在进一步挖掘国内优秀作者资源。通过多年发展，公司聚合了大批国内外主流华语文学力量，传统名家包括余华、格非、莫言、严歌苓、苏童等，网络大神包括鱼人二代、明日复明日、雾外江山、缘分0、陨落星辰、疯狂的蜗牛等。在此强大版权后盾保障下，公司业务已经拓展到出版、原创、有声、影视、游戏等领域，以推广华语文学IP全版权运营为理念，实现版权衍生价值最大化，推动全产业链增值服务。

三、运营模式

在影视业务上，公司主要对已有IP进行影视化改编，并同各类线上线下平台公司积极合作。主要合作方有腾讯视频、优酷、爱奇艺、柠萌影业、幸福蓝海、乐漾影视等。已经影视化的作品有贾大山作品改编电影《社戏》，郑大圣执导电影《天津闲人》《危城之恋》；34集电视剧《满山打鬼子》，37集电视剧《太子妃升职记》，及待播电视剧《阿麦从军》。

根据左手韩超千万点击同名漫画改编竖屏剧《如果能重来，我想做熊孩》通过三个篇章展现了左手韩从上学到工作的一系列爆笑故事，也展现了当代年轻人元气满满、充满正能量的生活状态，计划于2023年暑期上映。

目前正在改编的作品有《起落浮沉》《逃亡的苏溪》《控梦东京》等。

总的来说，无论是收视率还是点击量，以上作品均取得了骄人成绩。

四、内容领域

公司旗下新蜂中文网是一家大型原创小说网站，长期以来积累了大量作者资源、内容版权资源，拥有大批经验丰富的优秀文学编辑以及多媒体、全流程的出版资质与经验。

为了进一步推广，加强与粉丝的沟通和互动，在主站上对作品进行精确定位，共有八大频道，多达百种小类别，让读者更容易选择自己喜爱的类型。同时，网站不定时优化平台页面机制，现有编辑推荐、新书上线、点击榜、月票榜、读者推荐榜等模块，更好地向读者呈现突出、优质的作品。

五、重要作家和代表作品

公司拥有包括莫言、铁凝、何建明、余华、格非、王小波、刘震云、王海鸰、严歌苓、高满堂、石钟山、天下霸唱等在内的诸多国内顶尖作家作品的数字版权，例如：荣获意大利格林扎纳·卡佛文学奖最高奖项、台湾《中国时报》10本好书奖、香港博益15本好书奖、法兰西文学和艺术骑士勋章、中华图书特殊贡献奖的《活着》；第四届"三个一百"原创图书出版工程文艺少儿类图书《生命册》；榜单畅销书《好妈妈胜过好老师》；获得挪威宋雅·赫格曼那斯童书奖、德国《时代周刊》文学奖、德国青少年文学奖、台湾《联合报》读书人最佳书奖，全球销量超过3亿册的《苏菲的世界》；全球畅销科幻小说《饥饿游戏》等。

公司同时汇集国内权威大奖资源，包括茅盾文学奖、鲁迅文学奖、老舍文学奖、人民文学奖等在中国具有权威性文学奖项的获奖、被提名图书的数字资源。历届茅奖获奖作品，公司的数字资源覆盖率达65%以上。

在有声业务上，公司对全平台提供服务，包括喜马拉雅、蜻蜓FM等知名平台，共输出超过300部时长超3万小时的有声读物。网文读物中，《校园高手》《捡个杀手做老婆》《都市极品神医》等小说长期占据主流平台畅销榜单，同时全网点击量超亿次。出版物读物中，《活着》《苦难辉煌》等作品全网点击量超千万，其中《苦难辉煌》入选2020年全国有声读物精品出版工程项目名单。在对有声读物内容品质有较高要求的同时，也签约一批实力朗读者，包括艾宝良、仲维维、李野默等播音前辈。有声团队也在平台上进行直播活动，在对作品分享心得的同时，尝试对网络大神的作品进行改编自制，改编作品有《超级天王巨星》《与女神荒岛求生的日子》等，效果拔群，全网点击量均超千万。

在出版业务上，推出了中组部和中宣部联合向全国党员干部推荐，获中国出版政府奖的《苦难辉煌》；习总书记读书笔记中推荐的《贾大山小说精选集》；学者林少华先生的散文作品集《异乡人》；中国歌剧舞剧院国家一级演员、青年艺术家、中国国宝级艺术家李玉刚先生作品《玉见之美》；百万畅销书作家，中国优质新偶像，青年导演、编剧李尚龙作品《我们，江湖未有期》；获第十届日本国际漫画奖银奖及中日漫画大赛金奖作品《老马》；漫画作品《如果能重来，我想做熊孩》《确认过眼神，我就是这么优秀的人》等多部有市场表现力的作品，多次成为畅销书籍，获得不菲成绩。

六、签约机制

公司不仅在传统签约合作业务上持续发力，相较于其他网络文学网站，也在不断尝试新模式。公司以市场热度为基础，以邀约方式直接向原创作者征稿，在作品合作初期即形成高热度、大 IP、好品质、多角度的合作模式，使原创作品的头部率提高，后期改编成本显著下降，降低了作品及衍生产品的制作周期。同时，也可以使公司和社会资源有效集中。

主要原创作品《重生在三国》《最强兵王》《至尊神豪赘婿》《我的极品美女总裁》《无敌赘婿》等，点击量均超百万。

七、激励创作的举措

为了激励作者的创作热情，新蜂中文网一直奉行"好原创，高福利"原则。为此，网站设定了一套完整的奖励制度，包括签约有奖、全勤奖、推荐写书奖、勤奋更新奖、道具奖励等等。同时，对于优秀作品将积极推荐到各大出版社或其他合作单位出版，也会推荐给合作影视公司。对于表现优异的作者，将优先推荐进入中国作家协会，优先进入鲁迅文学院培训。

八、内容团队建设

（一）编辑团队

公司目前已签约数十万部传统文学、网络文学作品，签约作者近万人。

传统文学编辑团队数人，主编华婧，编辑出版包括《苦难辉煌》《异乡人》《玉见之美》《有人必须死》《爱的五种能力》《丢掉那少年》等知名作品近百部。

网络文学编辑团队数人，男频主编官德敬、女频主编刘飞，签约作品包括《无敌赘婿》《铁血狂兵》《武魔帝君》《妃倾天下》《兽神特工》《我的极品美女总裁》《致命基因》等数千部。

(二) 作者队伍

在传统文学领域，已签约包括余华、格非、莫言、严歌苓、高满堂等数百位名家在内的众多知名大咖，合作近2500多位，所获奖项皆为国内外顶级文学大奖，影响力在传统文学中首屈一指，作者实力占据主流华语文学的大半江山。

在网络文学领域，已签约包括天下霸唱、鱼人二代、狂奔的蜗牛、雾外江山、明日复明日、缘分0、陨落星辰、湘西鬼王等多位原起点中文网、腾讯文学白金作家在内的数千人，作品涵盖都市现实、军事历史、科幻悬疑、奇幻冒险等全类型。作品质量也有目共睹，全网超过数亿点击量，作者队伍实力强大。

除此之外，在类型文学领域（如科幻）亦整合了一批优秀资源。除引进经典，更专注于原创，并挖掘了一批有潜力的科幻作家，如《无光之地》作者吴楚、《最终身份》作者王迪菲、《营地》作者唐袁、《罪物猎手》作者付强等等。

科幻领域除了参加每年的星云奖、银河奖、科幻大会外，还与诸多科幻产业有紧密联系，如与未来事务管理局合作出版"不存在"系列；与北京市科协合作出版"光年奖"获奖作品及北京科普创作专项资金项目；与科幻世界、八光分共享产业资源；与微像保持版权业务的接洽等。

华著

一、旗下网站介绍

武汉华著科技有限公司旗下网站番果文学（fangled.net）于2021年4月正式上线，致力于挖掘和培育优秀的网络文学作者。截至2022年12月，签约作者超过600位，产生原创作品近千部，获得授权作品超3万部，阅读业务覆盖百度、阿里、华为、字节跳动等头部流量渠道。公司以原创正版内容为支撑，以用户体验为导向，向用户提供优质网络文学内容。

二、运营模式

网站运营模式主要包括用户充值、广告变现、IP衍生、渠道分销、IP转化、版权代理运营。

网站2022年开始主攻有声书业务，目前已上线作品有《趣说中国史》《直播算命：求求大师别算了》《民间禁忌：我在人间修功德》《八仙饭店：阳世人莫入，阴间鬼不留》等。《刽子手的征途》《修个妹的仙》即将上线，《最后的黄金国》《金瓶梅笑传》正在制作。2023年预计录制上线12部作品，总上线20部作品。

三、内容领域

网站签约作品1000部，连载中的作品62部。

男频作品主要有玄幻、武侠、仙侠、都市、历史、军事、悬疑、科幻、游戏、体育等分类型，女频作品主要有古代言情、玄幻言情、仙侠奇缘、现代言情、浪漫青春、悬疑侦探等分类。

网站设有点击榜、新书榜、更新榜和评论榜等榜单。

四、重要作家和代表作品

吴志超：笔名吴半仙，擅长悬疑、都市题材。中国作家协会会员，黑龙江省作家协会会员，哈尔滨市作家协会副主席，哈尔滨市作家协会网络文学委员会主任。创作各类作品30余部，其中，《月满长街》是2020年中国作家协会重点作品扶持项目；《锦绣鱼图》2021年获得"新时代的中国"第二届全国网络文学现实题材征文大赛一等奖；《守鹤人》是2021年中国作家协会重点作品扶持项目；2022年与番果签约悬疑灵异作品《阴阳诡匠》。

陈广旭：笔名御风楼主人，签约作品《刽子手的征途》《布衣神探：被嫌弃的十年》，河南省作家协会会员。天涯论坛著名作者、签约作家，获2011年度十大青春文学写手第一名、2012年度十大网络作者、2013年度天涯读书最受欢迎作者、2015年度十大网络作者等荣誉。其爆款作品《麻衣神相》系列在天涯点击量过亿，出版后更名为《麻衣世家》系列，销量超过百万册。

吴军锋：笔名趣哥，签约作品《趣说中国史》，计算机专业硕士毕业，本是一个穿格子衬衫的IT理工男，后来跑偏成为一个内容创作者，其创立的账号"趣哥"拥有200多万粉丝。熟读中国史，尤爱钻研历代皇帝的起伏人生。在2019年，尝试用群聊体形式解说中国历代422位皇帝，凭借原创文章《如果把中国422位皇帝放在一个群里，他们会聊些什么》一举成名。该系列文章篇篇阅读量超20万次，单篇阅读量最高超过1200万次，全网阅读量最高超过1亿次。

五、签约机制

主要有纯分成、保底分成、买断三种合作方式，又可以细分为全版权签约固定年限或者版权转让、部分版权合作（有声、电子、影视改编）、部分地区（中国大陆、华语地区或全球）等几种情况。

六、激励创作的举措

全勤奖：月更新超10万字奖励600元，超15万字奖励800元。

完本奖：完结时，男频达到150万字、女频达到100万字及以上的签约作品，且作品历史累计分成稿费达到3000元，可奖励1000元。

优质作品奖：50万字完读率大于15%奖励800元，80万字完读率大于13%奖励1200元，100万字完读率大于12%奖励1500元，150万字完读率大于10%奖励1800元。

七、内容团队建设

目前网站有编辑团队6人，其中总编1人，男女频主编各1人，编辑3人。

爱奇艺文学

一、旗下网站介绍

爱奇艺文学旗下包括爱奇艺小说APP、爱奇艺小说插件、爱奇艺小说PC站及爱奇艺小说H5站。

爱奇艺小说（wenxue.iqiyi.com）旨在通过技术创新、内容创意为人们提供更新颖、更多元、更优质的文学作品。依托爱奇艺影视娱乐生态，爱奇艺小说大力发展小说IP，创新"云腾计划""云腾计划＋""云腾计划S""风雷计划"等商业模式，强化小说在娱乐生态链的源头功能。

二、发展历程

2015年10月31日，爱奇艺小说插件上线，成为电子书阅读平台。

2016年9月，爱奇艺小说PC站上线；12月，爱奇艺小说H5站上线。

2017年6月，爱奇艺小说提出"文学驱动影视，生态赋能文学"的愿景；8月，爱奇艺小说创新推出"云腾计划"，联合爱奇艺网络剧、爱奇艺网络大电影免费开放文学作品影视版权，提出前期免费、后期分成的商业模式。

2018年1月，爱奇艺小说APP上线。

2019年5月，爱奇艺小说提出"通过技术创新、内容创意为人们提供更多、更好、更低代价的文学作品"的使命。

2020年8月，爱奇艺小说推出"云腾计划＋"，联合爱奇艺多个工作室、外部影视方共同打造自制、定制影视作品。

2021年3月，爱奇艺小说推出"作家培养黄金计划"，为作家提供工具包、奖金、资源等多维度支持。

2022年7月，爱奇艺小说推出"云腾计划S"，旨在为头部公司与爱奇艺文学头部文学作品架起定向合作的桥梁。同月，爱奇艺文学发布"东北新文学"计划，投入至少1个亿资金和爱奇艺资源扶持，打造文学作品的新生态。

三、运营模式

基于爱奇艺逾1亿的会员用户，形成"平台＋版权"的健康商业模式。平台商业模式包括会员、单订、打赏，版权转化包含影视、有声、动漫、出版、游戏多品类。

2021年至2022年，爱奇艺小说IP转化共计94部，包括出版图书18部、电影17部、电视剧51部、动漫8部。

四、内容领域

截至2022年末，站内图书共计36.4万本，其中2022年新增1.9万本，全平台图书涉及都市、玄幻、现言、古言等192个细分品类，设置畅销榜、会员榜、新书榜、完结榜等30个榜单。

五、重要作家和代表作品

蒙虎：代表作《关河未冷》入选2020年优秀现实题材和历史题材网络文学出版工程，讲述六位青年学子在日寇偷袭南苑兵营时，与同学们一道拿起武器，奋起抵抗，用生命和热血谱写了一曲青春之歌。历经七七事变、平汉线保卫战、台儿庄战役等一系列血与火的洗礼，青年们迅速成长，对国家、民族和个人前途也有了新的思索，做出了不同的选择。

却却：代表作《战徐州》入选"红旗颂——庆祝建党百年·百家网站·百部精品"书单，并获评2020年十佳数字阅读作品，讲述了两个同年同月生的18岁美丽娇憨少女一段绝路上的生死友情和一对未婚怨侣数度危急之际的患难相依。铁蹄踏破鹤山，苦难和杀戮无可逃避，不如搏命一拼。

周恺：代表作《苔》以富商李普福、桑家刘基业两家的际遇为主线，串起甲午战争、义和团运动、废除科举、同盟会起义等重大事件，写晚清四川嘉定的商人、袍哥、士人及普通民众在封建末世、变局里的命运起伏。

夜来：代表作《她的谎言》主人公是一名心理咨询师，在来访者突然消失后，开始在层层迷雾中寻找她的踪迹、靠近她的人生。步步深入却掉进了一张谎言编织的巨网，谎言背面，真相萤火般隐现。

白絮瞰青灯：代表作《误入藕花深处》讲述北京藕花胡同里一群男孩女孩在宿命般的氛围中相遇的故事。

丁甲：代表作《妈妈的南方宾馆》讲述一对东北母女在分离十二年后，于南方城市的一场命运般的重逢的故事。

半闲：代表作《成为律师的我们》讲述年轻律师的成长之路。

六、签约机制

保底加分成，或纯分成代理形式。

七、激励创作的举措

以内容取胜，越优质的内容扶持力度越大，并可依据版权市场情况，推荐作者优先写作的题材内容。若新人作者无方向，编辑可一对一带领作者沟通故事内容，从构思、梗概、大纲到正文全程无忧，让创作更高效、更便捷、更顺利。

八、内容团队建设

内容团队由编辑和策划组成，编辑主外对接作者，策划主内提供市场方向。